谨以此书献给我的丈夫吴征，

纪念结婚 20 年一起看世界的日子。

STILL IN LOVE

STILL IN LOVE

世界很大 幸好有你

STILL IN LOVE

杨澜 著

目录

STILL
IN
LOVE

世界很大 幸好有你

contents

序 PREFACE

假如爱有天意，爱好尽可自由放行

文/蒋昌建

我本来以为，即便是献给丈夫吴先生的书，杨澜也会让文字独立自主地起舞，甚至将这本书看作是在先生面前的一种不带半点娇羞的炫耀。

然而，我错了。20 年的岁月，她仍在他的臂弯里，那臂弯似乎已是足够大的舞台。

不是吗?

我知道夕阳下纽约哈得孙河的样子，她会把你变成一滴水，汇在她的柔波里，然后和她一起闪耀。这分明是爱情的场景，根本不需要半点灵魂深处的革命，便会在心里留下爱人的印记，从此满脑子的思念就成了他的领地。

尽管从文字里，我不能直接捕获伴随她 20 年的这个男生的聪明。让你感到讶异的是，这种在河之洲的和风沉醉的荡漾和那一快速到令出租车和戒指之间的违和感还来不及显现的殖心者的决定，让这个男生把这个聪明融在自然而然里。

自然常常是降服者为征服者编造的一种理由。

于是，有了 20 年 40 多个国家的陪伴，充满这时空的，无非八个字：同悲同喜，荣辱与共。但这不是围城似的堡垒的驻守，只是心的方向，正如杨澜所说，只要手里攥着钥匙，总会走进家的房门。

说实话，我特别喜欢这句。

爱，有时候，真的就是那个行李，在人生的旅途中，不时会轻拿轻放，但总不会失去。

孩子的到来，夫妻自然多了一重父母的身份。

书中，杨澜写得轻淡，一年 365 天，大约 70 天是在外头奔波。以我对她的了解，若是不外出，她大体也有不少的时间和精力花在传媒文化产品和服务的提供、公益活动以及其他社会活动上。社会和工作的需要与陪伴孩子成长的需要，并不能时刻平衡得很好。有一些错过，是注定的；有些错过，绝不能注定。

一个善于捕捉这个时代定义者灵魂世界的访问者，绝对也是孩子的心灵捕手。一双儿女成长的每个重要时刻，她都没有失去。她不一定时刻陪伴，但孩子成长必经的每个驿站，她都在那里守候，有鼓励，也有妥协；有启发，也有警示。父母是孩子看世界最近的窗口，杨澜并没有执意向南，一米阳光加上春暖花开，而是让孩子也看到星空下的种子，如外公外婆 16 岁时的寓意深长的爱情……

孩子总要长大，杨澜也没有想象中坚强。她嘴里夸耀儿女的高度的同时，心里却在盘算着他们即将远走的距离。我突然有一种时空倒错的感觉，觉得她笔下儿子赴美读书的身影和她 1995 年赴美求学的身影是叠加在了一起，他们同样要面对的，就是国内国外的两种文化。

显然，杨澜应对得很好。在这本书的各种故事里，“跨文化沟通”是杨澜的主题，当然也是她和吴先生工作重叠颇多的领域。

从格兰特到马斯克，再到乔丹，真正的成功，不是斤斤两两于输赢之间，而是将危机转化成转机的努力。而最能够打动我的，便是杨澜笔下格兰特与李将军立足于民族和解，化干戈为玉帛的一幕。政治学可以告诉你权力的重要，但有着国际关系与公共事务专业背景的她，看到了比权力更多的东西，对对手的清算与丑化，绝对不是培育和解与秩序的土壤。

这本书里提到的，还有李光耀、克林顿、克里、卡梅伦等政要，尽管我早已不参加任何访谈的策划，杨澜的访谈功底还是可预见的，如同我相信杨澜能够借克林顿图书馆的一角让克林顿直面莱温斯基的问题一样，我也相信，她会借卡梅伦对中国文化展品的兴趣让他就范于预先设定好的场景。

我欣赏杨澜在政治家前的不卑不亢。也许因为我的政治学背景，我对她笔下跨文化沟通叙事中，男生的那些刀光剑影、谋略狡黠并不陌生，却更喜欢看到她关于平常事理的描写。

尤其是关于女性的，这本书中的女性人物也的确要多于男性。

有些故事，本不该是她们的共同命运，因为她们并不参与命运的选择。

从朴槿惠，到奥尔布赖特，到希拉里，无论她们怎样辉煌，从杨澜对她们的访谈里，都嗅得到抗争的味道，或许是那一种面对夸耀时的淡然，或许是那一种面对仇人的宽容，或许是那一种锋芒毕露的提示，这些似乎不是出于兴趣和爱好的选择，而是磨砺出来的修养，跨性别的文化在杨澜的笔下，文字很轻，但墨色很重。

在命运面前，也有人，选择了轻松的方式。公主的倒水递菜、古道尔的小布玩偶、海伦·布朗（Helen Brown）的不吝赞美……处处都散发着一种性别的天性，让你感觉得到隐藏在这些文字背后的，一定是一个心底纯良的女生。

有些故事，多多少少有父权影子下的幽默，多多少少有男权影子下的温暖。

那苏珊和格雷格（Greg）的恶作剧，不是带有传媒界大佬花心的隐喻吗？安德鲁王子对孩子的温暖不是要比萨拉让人印象深刻些吗？王子奔赴战场的壮怀激烈不是那么的栩栩如生吗？查尔斯王子的腼腆和目光与环境生态的大主题不正是相映成趣吗？

不过，也不是所有的故事都是谈人，也有谈物的。物在杨澜的笔下，从大到小，不一而足。物重在格局，更重在与心相印。故宫的空灵，着实会让你顿觉渺小，人性在这里最容易消逝，也最容易找回。京都的院落，方寸之间，眼光局促之处，却活生生地出来一个世界，最容易把握的，往往最不易把握。娇兰的香、金色大厅的花，以及干裂的红杉树，这些在杨澜的眼中，无一不透露出文化的寓意，但不知怎么，从她的文字里，总觉得，并非人观其物，反而物观其人更多。

如此说来，杨澜多少有点哲学家的意味，而我更愿意把她看成是文化的使者。这是表面上看左右逢源，但实际上却十分艰难的工作。每个人都有自己的文化身份和文化符号，要熟谙跨文化沟通技能并不是一件容易的事，很多时候，那异域的文化，在你是一副华丽的面具，在别人则是不可轻慢的脸面。

很多时候，文化修养的成果只能借助外在的形式表达。正如张爱玲所说，人住在自己的衣服里。人岂止住在自己的衣服里，也住在座驾、房子、他人的目光，甚至自己的语言里。若是自己的选择，那倒还轻松，尽管会有各种评论，但选择自由；若是他人的选择，哪怕有百十个赞许，心底却总会有千万种别扭。我能理解大剧院里杨澜孩子的表现，做到使者这份上，她其实也有不少把优美的旋律解读为大象乱撞的意象的时刻。

从文化的觉醒到审美的提升，很多时候正是源于这样的冲撞，台前台后的代价，或许只有杨澜自己知道。

然而，一种个体的文化自觉，一旦融入到民族的文化大主题，个人就会转变成为一个角色。

这个角色在三次申奥的历程中显现无遗。有成功，也有失败。每个角色所处位置的重要性，不能说是决定性的，但每个角色都提供了或许可以改变局面或者结果的信息。对那些大权在握的人来说，这些信息可以捕捉得或多或少，而有些人的信息传达效率就相对恒定，我不知道杨澜是不是这样的信息传递者。我以为，判断一个文化使者是否合格，多元文化能否在他的血液里融合是一项重要的指标，至少她有这个潜力。与其说这是出自我的臆想，不如说是出自她的三次申奥经历。

要是把这些故事、经历与吴先生隔开，那就不符合实际。我的确喜欢“每个成功女士的背后，都有一个伟大的男人”这种比较有女权主义味道的表达方式。事实是，这里的许多故事和经历，都有吴先生的影子。

Bruno（吴征的英文名字）常常是访谈计划的落实人，我到现在仍不清楚，政商社文的领军人物为何都是他的好友，他并非纸上谈兵，再难搞定的人物，只要他出手，就一定会有眉目。Bruno 常常是计划制订的参与者，杨澜和我们这些做策划的多少有些异想天开，而他则相对务实，不好高骛远，注重效率。当然，有的时候，为了激励团队，他也时不时描画些远大目标，多少来点儿“心有多大舞台就有多大”云云。

或许更重要的是，如果没有 Bruno 做伴，40 个国家的游历，估计仍会躺在计划上；如果没有 Bruno 配合杨澜工作的发展，放弃美国的事业，中国观众的视野里，20 年来，也不会有这样一个知性、通达、明理，以及优雅的媒体人的身影。

这本纪念杨澜与吴征结婚 20 年的集子，取了“世界很大，幸好有你”这个书名，让我想起黑格尔谈到爱情时说的一句话：“什么是爱情？一个主体把自己抛舍给另一个性别不同的个体，放弃自己的独立意识和存在，感到自己只有在对方的意识里才能获得对自己的认识。”换句话说，爱情中的人，有时候会把对方当成一面镜子，你可以从中看到你现在的那个自己，也看到你成长为你想成长为的那个自己。

公主和王子，在外人眼里，可能有许多种方式相配，但让两个人产生化学反应的配方只能掌握在他们自己手里。

我不知道 Bruno 的臂弯有多大，20 年一路走来，它温暖得了杨澜所有的光荣与梦想。

当然，书名中的这个“你”，是一个大写的“你”，也是 20 年来，杨澜和 Bruno 一起经历的人和事。

这些人和这些事，改变着这个世界，改变着他们，也在改变着包括他们在内的我们。

STILL IN LOVE

吴征掏出一枚戒指套在我的无名指上，说：

“嫁给我吧！”就这么简单。

以至于我后来常常抱怨：根本就没有“求婚”的桥段嘛！

我回头去看吴征，他已微醺，憨憨地笑着。在他的眼神里，我依然可以找到当年爱上他的理由。

STILL IN LOVE

当我和吴征在庆祝瓷婚（20 周年）时，

我的父母已经结婚 50 年了。

为他们庆祝金婚时，

他们供出两人相识已有 60 年了！

STILL IN LOVE

爱情快速奔跑，婚姻慢慢生长。

就如两棵树，有独立的树干，又将根与枝重重叠叠交织在一起。

01 爱要轻拿轻放

我们本是独立自由的个体，

如果不是因为相爱，就不会也不必在一起。

没有人注定在一起

太不公平了！结婚20年是“瓷婚”,25年是“银婚”，只相差5年，怎么人家就从泥土上升为贵金属啦？20年，7300多个日日夜夜，总该比“瓷”结实一点儿吧。

在这个节奏快、选择多、压力大的时代，结婚20年，也算是小有成就了。

于是，我们决定在家中开个小派对，请上50位老朋友，有家中长辈、中学的同学、留学时的好友、多年的合作伙伴，有出双入对的，也有至今单身的……大家聚一聚，乐和乐和。

婚姻是人类发明的一种社会制度，合理，但不完美。

奥斯卡·王尔德曾经说过："人生就是一件蠢事接着另一件蠢事而来，而爱情就是两个蠢东西相互追来追去。"相互追来追去20年，你说得多累啊！古希腊哲人苏格拉底说过："不管怎么样，还是结婚好。如果你找到一个好太太，你会很幸福；如果你找到一个坏的，你会成为哲学家。"——这就是他成为哲学家的原因。前纽约市长朱利安尼在"9·11"事件后说："我不怕恐怖分子，我已经结婚两年了。"——婚姻让你无所畏惧。

可见，还是结婚的好。即使是以毒舌见长的美国作家马克·吐温，也说过这样温情脉脉的话："爱情是奔跑速度最快的，却又是生长最慢的。在你纪念结婚20年之前，你很难明白一段好感情究竟意味着什么。"

爱情的奔跑速度的确不慢。我跟他认识不到一年就结婚了，算是闪婚吗？

不过对于成年男女，各自有过一些情感经历，对于自己在感情上的需求逐渐确定下来，判断是否遇到了"对"的人，并不需要太多的时间。

20 年前的一天，他租了一艘小帆船，带我出海。那天，天气有些阴沉，海风有些凉意，海浪起起伏伏，但是这毫不影响我们的兴致。他对我说：“我一直独自闯荡，今后我要和你一起去看世界！”就在那一刻，我怦然心动。

而他似乎也对我的感受很有把握。不久之后的一天，我去机场接他，一上出租车，他就掏出一枚戒指套在我的无名指上（居然正合适！），说：“嫁给我吧！”（用的是祈使句而不是问句）就这么简单，以至于我后来常常抱怨：根本就没有“求婚”的桥段嘛！

爱情就是这样一路狂奔，无所顾忌。整个世界都无关紧要，只要我们能在一起。神奇的是，所有的迹象似乎都在暗示我们应该在一起：喜欢同样的书，爱吃同样的食物，不约而同说出同一句话，甚至从星座到紫微斗数，都显示我们注定要在一起。

而婚姻教给我们最重要的一课，却是：没有人是“注定”在一起的。

在一起，是自由选择的结果，是不断选择的结果。如果幸运的话，你会一次又一次坠入爱河，不过，是与同一个人。

据说，即使是人们眼中最完美的夫妻，一生中也起码有 200 次有过“我要离婚”的念头。当荷尔蒙制造的激情慢慢退去，油盐酱醋茶的琐碎慢慢磨蚀浪漫，照料孩子的吃喝拉撒让你睡眠不足，还有工作的高压和旅行的分离；当你期待对方懂你的时候不自觉地提高了嗓门，为了不同的意见争吵得面红耳赤，或是说了不该说的话……

在感情处于低谷时，帮助我们的，不是什么“注定在一起”的臆想，而恰恰是：我们本是独立自由的个体，如果不是因为相爱，就不会也不必在一起。

如果你把婚姻看作围城，还天天蹲在门口看守着，那么城里的人就难免成了囚徒；如果你把城门的钥匙交给对方，他留下来的原因是因为他愿意，这围城就成了遮风避雨的家，无论走多远，他都会回来。如果你爱他，就给他自由和快乐。自由的人，才适合谈情说爱。

我们真的一起去看世界了，足迹遍布40多个国家。即使是带着老的小的一大家子人，我们也会营造属于两个人的特殊时刻。在南太平洋的白沙滩上漫步，在圣彼得堡的涅瓦河边喝着咖啡度过白夜，在意大利阿马尔菲海岸的悬崖上眺望地中海，在印度泰姬陵的水池边欣赏白色宫殿的倒影，在马赛马拉大草原的早晨看薄雾中的象群，在阿尔卑斯雪山下听贝多芬的交响乐，或是在欧洲最西端、葡萄牙里斯本的罗卡角诵读石碑上的诗文“陆止于此，海始于斯”……不同的风景点亮我的眼神，我也用这眼神发现熟悉又新鲜的他。钱锺书曾经说过：“如果你爱一个人，那就和她去旅行，如果旅行后你们仍然相爱，那就结婚吧。”旅行最能考验一个人的品性和两个人的配合程度，旅行中的小小冒险也给二人世界带来难忘的记忆。有一次我们去南非旅行，他预订了一个帐篷旅馆，就驻扎在自然保护区的河岸上。夜晚来临，鳄鱼拍打着河水，河马的咆哮就在耳边，大象窸窸窣窣地吃着帐篷外的树叶，与我们只隔着一层帆布。我们关掉灯，屏住呼吸，等待它们踏着沉重的脚步走远……第二天清晨我们吃过早饭返回帐篷时，一只大个头的野猪与我们狭路相逢，它晃动着两只獠牙，打量着我们。吴征一把抓住我，把我挡在他的身后，嘱咐我："不要慌，慢慢后退。"我们给野猪让开一条道，那家伙看我们既无恶意，也不慌张，似乎也定下心来。对峙了一会儿，就大摇大摆地走开了。这段遭遇让我们兴奋了好几天。最浪漫的事？那就是周游世界后回到家里，泡一杯热茶，摆一盘瓜子，舒舒服服地一起看碟。金窝银窝，还是自家的小窝好哇。

婚姻当然不只是游山玩水，卿卿我我。情人节的玫瑰和纪念日的礼物都曾带来美好的回忆，而比这些更长久的是共同的成长。有一种观点我很认同，那就是"最好的关系是让双方都有机会成为更好的自己"。

如果没有吴征，我不会成为今天的我。是他在我挣扎于做一个主持人却不能掌握节目品质的时候，鼓励我学习当一名制作人；是他在我决定回国发展的时候，放下美国已有的生意，陪我一起回国重起炉灶；当我遭受谣言攻击，他抬起我的下巴说："你要做一只高高飞翔的鸟。"为了我的要强和任性，他必须接受一个不会煮饭还常常出差的老婆，还有娶一位公众人物所带来的种种不便，包括经常有人介绍他为“杨澜的先生”。

婚姻中的两个人的关系是多重的：恋人、朋友、亲人，有时甚至还会有父亲和母亲的角色。无论我们给这个世界一张多么坚强的面孔，在家里，我们可以放松下来，不怕暴露自己的恐惧、脆弱和挣扎。我们能够给予彼此的也是多重的（比恋爱时关系丰富得多）：爱、理解、尊重、欣赏、同情、陪伴，还有义气。也许有人认为“义气”是指兄弟哥们儿之间的关系，我们却认为它同样适用于夫妻之间。风暴来临的时候、孤独无助的时候、前途不明的时候，总会有一个人在你身边说“别怕，还有我”。

一次很刺激的旅行发生在2001年“9·11”事件之后不久，吴征作为那一年国际艾美奖颁奖晚会的联席主席，计划赴纽约参加典礼。我劝他不要去了，恐怖袭击还有可能发生，万一发生危险怎么办。但吴征坚持要去，一是为了表达对纽约人的道义支持；二来这也是华人媒体第一次在国际电视舞台上以这样的身份出现，广受关注，不能让别人小看我们的胆色。“那我陪你去。”我见他态度坚决，就这样决定。那一次旅行前我们写好了遗嘱，飞机起飞时我们紧紧握着对方的手，闭上眼睛轻轻地祈祷……

2008年“5·12”汶川地震发生后的第五天，我带领包括心理学家在内的十几人随全国妇联的救援队伍去都江堰、德阳、绵竹等重灾区。那时灾区每天都有数次6级上下的余震，堰塞湖的情势也相当危险。吴征不放心，坚持陪我一起去，一路妥当照顾大家的住宿和交通。在灾民安置地，他大汗淋漓地搬运各种物资，安抚大人孩子的情绪，还细心地为一脸尘土的孩子洗脸，鼓励他们勇敢面对。记得离开灾区的那个夜晚，因为有强烈余震的预警，我们所有人都不能留在室内。于是在一片小小的广场上，我们和衣而坐，说着这些天那么多伤心和感人的故事，商量着回到北京后怎么为灾区的孤残儿童多筹募一些善款……后半夜，当四周的一切慢慢静下来的时候，我靠在他肩头睡意渐浓，突然他推了推我说："你看，满天的星星。"

20年，让我们建立起一个有形的家，包括一对可爱的子女和事业；也让我们织就了一条无形的纽带，那是共同创造的记忆。我更理解了马克·吐温的那句话，爱情快速奔跑，婚姻慢慢生长。这生长缓慢而扎实，就如两棵树，有独立的树干，又将根与枝重重叠叠交织在一起。

在结婚20年家庭派对上，我们选的主题曲是《月亮河》："两个流浪者，一起去看世界。世界真大，有好多风景。我们在河湾处等候，向往同样的彩虹尽头……"

老朋友成方圆见证了我们从相爱到结婚的全过程，在派对上她抱起吉他，为我们演唱了一曲根据叶芝的诗改编的歌《当你老了》："当你老了，头发白了，睡意昏沉，当你老了，走不动了，炉火旁打盹，回忆青春……”

我抗议说：“我们才 40 多岁，你就唱《当你老了》，等我们真的老了，你唱什么？”

圆子来了个脑筋急转弯：“那时就唱《当我们年轻的时候》。”

众人大笑。我回头去看吴征，他已微醺，憨憨地笑着。从他的眼神里，我依然可以找到当年爱上他的理由。于是我想，瓷婚就瓷婚吧，它提醒我们，婚姻就如瓷器，无论时间多长，都要轻拿轻放。

女儿的“独立宣言”

做父母的，都爱自己的孩子。可有一点我搞不懂，为什么许多中国家长喜欢在公众场合训斥甚至羞辱自己的孩子？当着老师说自己的孩子这也不行那也不对，当着小伙伴们说自己的孩子“你瞧人家×××，你什么时候能赶上人家？！”更有甚者，有一次我在法兰克福机场转机过安检时，一位中国妇女当着所有人的面大声斥责一个七八岁的男孩，事情的起因无非是他如何淘气了，不听话，但是她所用的字眼极其难听，嗓门又大，引得所有人都朝她看去，男孩更是羞得满脸通红。直到机场保安过来制止，这位母亲还在骂骂咧咧。先不说文明素质，你以为是妈妈就可以这么欺负自己的孩子？她可能会辩解：“打是疼，骂是爱。”拜托，先别说爱了，请你先学习尊重孩子。

尊重孩子，就是要认识到孩子是一个独立的个体。小女孩几乎都喜欢粉粉嫩嫩的颜色，而我女儿过 12 岁生日时，很认真地对我说：“妈妈，请你以后不要再给我买任何粉色的衣服了，也不要那些亮晶晶的装饰。我长大了。”

某种意义上，她就这样发表了“独立宣言”，彰显了小小自我的审美观。

作为母亲，我的所谓“知名度”，给孩子们的成长带来过烦恼。

儿子上五年级以后，就明确表示不希望我去开家长会，因为别的家长和同学会指着他议论：“哦，这就是杨澜的儿子。”他不愿意因为父母的原因而受到关注。我觉得这是他的独立性，特别值得尊重。

可是老师总是邀请我去学校做演讲或出席毕业典礼，怎么办呢？我会事先征得儿子的同意，跟他商量演讲的内容，决不说让他尴尬的话。而当他与其他同学排着队进入礼堂的时候，他根本不朝我这边张望，好像我们很不熟的样子！孩子，你也不容易啊！

我跟子女的默契就是：进他们的房间先敲门，不经他们的允许不翻动他们的物品或查看他们的手机；带着他们一起参加家长会，事先询问他们对老师的看法，当着老师的面不说孩子的不是，只讨论怎样可以做得更好……我觉得这样的尊重反而让孩子更自律，同时也养成尊重他人隐私的习惯。

今天的孩子生活在互联网无所不在的世界里，大部分功课也要在网上完成，要想成天坐在他们身边“监视”着不太可能；同时完全不允许他们玩电脑游戏也不合情理。试想，课间同学们都在聊某款流行的游戏，如果连句话也插不上，是不是显得有点不合群！我绞尽脑汁，决定跟孩子进行“谈判”。我先站在他们的角度分析玩游戏的种种好处，只见他们睁大眼睛，不可置信地看着我！然后，我再请他们帮我分析一下沉溺于游戏的坏处，他们果然分享了身边有的同学因为游戏耽误功课的例子。这就好办了！那我们来讨论一下合理的边界在哪里吧……最后约定，周一至周五不玩游戏，周末每天可以玩一小时。就这样达成君子协定，拉钩为凭。

有时候，我也发现他们有小小的“违规行为”，就私下点拨一下：“那个，最近是不是有点超时啊？”孩子都有自尊心，被妈妈这么一说，不好意思了，有时还要耍赖，但基本都能“按章办事”。通过谈判达成协议，并能遵守承诺，也是他们与别人相处的重要原则哦。

孩子情窦初开的时候，是十分敏感脆弱的。我们常常忘记，青少年时代我们自己是怎样多愁善感，一会儿自信满满，一会儿又自惭形秽；一边期待着异性欣赏的眼光，一边又不知所措……父母，作为他们最亲近的人，如果不能对他们纯真的感情给予尊重和爱护，那还能指望谁呢？

孩子们在上初三时，老师就开始讲解性的知识和安全措施。回家后，我会听他们说说自己的感受，并且告诉他们，青春期的不安和羞怯都是正常的，身体的变化是健康的，爱是美好的。正因为这份美好，所以要尊重自己和他人，同时为自己的行为负责。这种平等的交谈，让孩子们对我有了更多信任，有了心事，也愿意与我分享。到了高中，学校每年都会办一次舞会，我会鼓励儿子主动去邀请自己喜欢的女生，提醒他什么是女生心中的绅士风度。对于刚上高中的女儿，我会和她聊聊她喜欢什么样的男生，如果有男生来表白，该如何回答……

我的父母已经结婚 50 年了。为他们庆祝金婚时，他们供出两人相识已有60年了！我的女儿睁大眼睛说："外婆，这说明你那时才 16 岁！外公是怎么约你的？""你外公啊，省下好几顿早饭钱，买了两张电影票请我看电影。"瞧，多有诚意啊。后来他们两位先后考入北京的名校，看来恋情也没有妨碍学业嘛。如果他们的恋爱被老师、家长扼杀了，那就没有我们这一大家子人啦。

就这样，两个孩子的青春期似乎都过得还算平稳，更好的结果是，我们母子、母女之间有了更紧密和更信任的关系。我似乎一直在为他们有一天能更好地独立生活做准备，但是不得不说，等到儿子 18 岁，就要离开我去国外读大学时，我才发现，没有准备好的是我自己。

一 种 离 别

儿子 18 岁生日前，我送给他一份礼物。

那是从他出生起我为他记的日记。说是日记，实际很惭愧，最多只能被称为月记，只是把他从小到大的成长中那些难忘的小事记录下来而已：他出生时的模样，长第一颗牙，开口叫爸爸妈妈，蹒跚学步，自己编的第一个童话，第一次跟别人打架，第一次演话剧，第一次约会……读到其中的某些文字，我自己忍不住笑出声来。

比如他 8 岁时，有一次问 4 岁的妹妹："你最爱谁啊？"

妹妹回答："爸爸妈妈。"（标准答案）他一听不乐意了："为什么不选哥哥呢？要知道爸爸妈妈经常出差，将来有谁欺负你，还不是哥哥挺身而出保护你！"妹妹听了，频频点头。数日后，他又语重心长地对妹妹说："我说要保护你，但你也不能去惹隔壁的天天（一个小男孩）呀，他的哥哥比你的哥哥高太多了！"

回顾这一篇篇成长日记，我不由感叹：时间过得太快，我错过的远比我记录的多。18 年的日日夜夜，有多少瞬间值得珍藏，有多少点滴是无价之宝。能够生育、养育一个独立而活泼的生命，这是多少为人父母的最大荣耀。的确，我们给了孩子一个安全舒适的家，但我们又不得不一次次远离，出外奔波。有一次我又要出差，不得不充满歉意地跟孩子告别："宝贝，对不起，妈妈要三天后才能回来。"没想到孩子过来搂住我的脖子，安慰我说："妈妈，你真可怜。等你回来，我一定陪你玩。"做父母的，何尝不应该感恩自己的孩子？孩子们以自己的存在提醒着我们生命的美好、爱的力量。在我人生最困难的时候，一想到他们，就感到那么踏实，也变得更有力量。

在日记的最后，我祝福儿子勇敢地去探索这个世界，无论成功还是失败，妈妈永远爱你，相信你。我还附上了最能代表我心情的一首诗，那是黎巴嫩诗人纪伯伦（Kahlil Gibran）的《致我们终将远离的

子女》(*On Children*):

Your children are not your children.

你的儿女，其实不是你的儿女。

They are the sons and daughters of Life's longing for itself.

他们是生命对于自身渴望而诞生的孩子。

They come through you but not from you,

他们借助你来到这世界，却非因你而来，

And though they are with you, yet they belong not to you.

他们在你身旁，却并不属于你。

You may give them your love but not your thoughts,

你可以给予他们的是你的爱，却不是你的想法，

For they have their own thoughts.

因为他们有自己的思想。

You may house their bodies but not their souls,

你可以庇护的是他们的身体，却不是他们的灵魂，

For their souls dwell in the house of tomorrow,

因为他们的灵魂属于明天，

which you cannot visit, not even in your dreams.

属于你做梦也无法到达的明天。

You may strive to be like them,

你可以拼尽全力，变得像他们一样，

but seek not to make them like you.

却不要让他们变得和你一样。

For life goes not backward nor tarries with yesterday.

因为生命不会后退，也不在过去停留。

You are the bows from which your children as living arrows are sent forth.

你是弓，儿女是从你那里射出的箭。

The archer sees the mark upon the path of the infinite,

弓箭手望着未来之路上的箭靶，

and He bends you with His might, that His arrows may go swift and far.

他用尽力气将你拉开，使他的箭射得又快又远。

Let your bending in the archer's hand be for gladness,

怀着快乐的心情，在弓箭手的手中弯曲吧，

For even as He loves the arrow that flies,

因为他爱一路飞翔的箭，

so He loves also the bow that is stable.

也爱无比稳定的弓。

读完厚厚的日记，儿子敲开我的房门，张开双臂，给了我一个紧实的拥抱:“谢谢你，妈妈，我爱你！”他的眼角还有泪痕，我的眼睛也湿润了。

曾经在我怀中的小婴儿，是什么时候长成了一米八的小伙子？作为母亲，我所做的一切努力就是为了让他有一天能独立行走，今天的一切不正是我孜孜以求的吗？但是，为什么我的心里觉得如此失落？他不会不再需要我了吧？儿子擅长冷幽默，他双手扶着我的肩膀，看着我的眼睛说:“你不会因为想我，就经常来大学找我吧？”

我狠狠心，以牙还牙:“别搞错！你妈妈忙得很！”

目送孩子远去，我心中虽然伤感，但毕竟充满希望和骄傲。但，有一种别离却是永别。无论你有多少时间做心理准备，也难以承受那致命的一击。

婆婆 2009 年因癌症去世，她是位非常坚强的女性，患病后从始至终都要求医生和家人对她实言相告。“我能够面对，而且这样我也知道有多少时间去处理一些事情。”她平静地说。她对生命一直抱有希望，在她的花园里种了不少菜蔬，有豆子、丝瓜、番茄等等。死亡的临近，让她对所有生命都充满了怜惜之情，照顾起这些菜蔬也格外上心。

终于有一天她要住到医院里去了。出门前，她还特地到花园看看，好像与她的朋友一一告别，然后恋恋不舍地关上大门。

癌症病人在病程晚期非常痛苦，只能靠打一些营养液和止痛针缓解她的疼痛，渐渐地，病人昏睡的时间会越来越长。趁清醒的时候，婆婆把身后一切安排得妥妥帖帖，还把我叫到床边，指着相册里一张她身穿大红毛衣微笑的照片说：“这是上次你给我拍的照片，我很喜欢。人终有一死，走的时候也要高高兴兴的。在灵堂里你就挂我这张照片，把我最好的形象留给大家。”

她当时已经非常衰弱了，但语气却平静而自信。

我太能理解她了，她不要传统追悼会呼天抢地的混乱，而希望有尊严地离开，带着对生命的感激和曾经拥有的快乐。

老人有这样的开明豁达，也让做子女的少了很多为难。在最后的日子里，我跟她手拉手聊聊她的一生，听她讲当年怀着孕坚持在学校教书，感到腹痛了还要挤公共汽车才能赶到医院生产；讲到那点凭票供应的肉总是不够，她怎么想办法用布票跟邻居换肉票，好让儿子们周末的饭碗里有一块猪排；子女给的生活费她都存在银行里，留着给孙儿们作学费；吴征人到中年，让他少喝酒……

她最后的要求是摘一个她种在后院的丝瓜，放在床头，看着它，她能感觉生命往复，生生不息……当分离最终来临，我们在她的房间里点上蜡烛，呼唤着："妈妈，往有光的地方去。"

我那年幼的女儿，第一次遇到"死亡"这件事，既伤心又恐惧，问我："妈妈，人都会死吗？"

"是的，都会死。"

"那怎么可以不怕死？"

"怕是正常的。但如果好好地活过，就会怕得少一点。"

失败也是一种选项

我的女儿先是在一所公立小学读书，然后在北京的国际学校上中学。有一次我在餐桌上问她两种学校的教育方式有什么不同，她想了想回答说："在本地的学校，老师总是让我们别犯错误；在国际学校，老师鼓励我们不要怕犯错误。"

这种教育方式的差异给孩子造成的心理影响显而易见。2015 年 10 月，在电视真人秀《最强大脑》中出现了这样的情景：一位 12 岁的中国男孩与一位同龄的意大利男孩展开竞争，看谁能用最短时间记住 102 位新郎新娘的排列顺序，然后用人偶复位。中国孩子用的时间稍短，按照比赛规则由意大利男孩先行报出自己的排列，结果是完全正确。就在同时，中国男孩开始低声啜泣，继而号啕大哭，主持人蒋昌建问孩子为什么，他懊恼地哭喊道："我记对了，可是排错了！"他太伤心了，几乎瘫倒在座椅上。在家长和现场嘉宾的百般劝慰下，他终于鼓起勇气，带着哭腔报出自己的排序，结果却是——完全正确！甚至因为用时较短，他成为最终胜者。这时主持人发现那位意大利男孩也在落泪，就关切地问他怎么了。意大利男孩答道："我看他哭得这么伤心，也觉得很难过。"原来他是因为同情中国男孩才哭的！两个孩子都是真情流露，作为观众的我却不由感慨：中国孩子的压力太大了，输不起啊。

在我采访过的人物中，特斯拉电动汽车的发明人伊隆·马斯克曾说过："谁喜欢失败呢？失败是可怕的。但如果你毫无风险，就意味着你不过在做一件稀松平常的事！"马斯克的这句话可是真切的体验。"失败也是一种选项。如果你没有失败，那意味着你的创新精神不够。"

1995 年，他用自己和兄弟们凑的 1 万多美元创业，开办软件公司。为了节省开支，他把办公室和公寓二合一，晚上人就睡在沙发上。31 岁时，他已经把一家公司成功地卖给了康柏，另一家卖给 Ebay，赚了

2000 万美元！而他的决定不是从此过上舒服日子，而是把所有资金投入新公司，再度创业。电动汽车和火箭运载在实验过程中失败率很高，马斯克的情绪也随之大起大落，甚至在一个圣诞节前的周日彻夜难眠，几近崩溃！近乎奇迹般的是，就在第二天早晨，他接到美国国家航空航天局打来的电话，给了他一个 14 亿美元的订单。他激动得忘乎所以，对那个打来电话的人大声说："我爱你！"

让他能够不断面对风险和失败的是这样的信念："我希望有一天回顾过去时可以说，我对这个世界有过好的影响！"这话在"万众创业，大众创新"的热浪中，能给人带来一份激励和警醒。凡创办企业，95% 都以失败告终，"你输得起吗？"是创业者应该问自己的问题。

曾几何时，我们用"赢家""输家"来评判别人、评判自己。《赢家通吃》(*The Winner Takes It All*) 这首歌是 ABBA 乐队的杰作，后来出现在《妈妈咪呀》音乐剧中，梅丽尔·斯特里普饰演的单亲妈妈唐娜，面对曾经的恋人山姆唱道："The winner takes it all, The loser standing small. It's simple and it's plain, Why should I complain?"（赢者通吃，输家微不足道，道理就这么简单，我为什么要抱怨？）多么纠结，多么委屈，多么不甘啊！中国历史上胜者为王，青史留名；败者为寇，被赶尽杀绝，甚至株连九族，掘坟鞭尸。输赢结果如此残酷，于是有些人为了获胜不择手段，遂有了一部博大精深的厚黑学档案。

失败者是否有资格要求尊重？1865年，美国南北战争南方联盟总司令罗伯特·李将军，在弹尽粮绝的情况下向北方联邦军队统帅格兰特将军投降，从而结束内战。在此之前，由于他出色的军事才能，南军曾在公牛溪战役等较量中以少胜多，创下卓越战绩。他本人并非奴隶制的捍卫者，他曾说，如果美国400万奴隶都归他所有，为了避免战争，他也会欣然给他们自由。1862年他释放了家中所有黑奴，允许他们越过防线加入北方军队。他是为自己的家乡而战的。但当他看到自己的士兵只能用野菜、烂土豆充饥，认识到继续流血只会导致无谓的牺牲，于是下令打了白旗。他对手下说："我可能要成为格兰特（北方军队总司令）的阶下囚了，我想我必须使自己的仪表尽可能好一些。"在签署投降协议时他提出，败军也不能受辱，请允许他的士兵保留他们的马匹，因为没有马匹，他们就很难收获下一季庄稼。而格兰特将军深知李将军在南方军队中的威望，也决定给予对手体面的待遇。后来他表示，宁可辞去总司令之职，也不愿逮捕李将军并把他交给法庭审判。在人生的最后几年，李将军致力于教育事业，1870年长眠于华盛顿学院的教堂。南北战争造成数十万人丧生，但战争结束后林肯总统与格兰特将军的决定，使民族得以和解，国家得以统一。如果他们当时决定清算南方所有参与战争的人的罪行，或在历史书中丑化自己的敌人，会产生什么样的结果呢？

人们常常只看到自己愿意看到的事实。赌场里只传出谁中了大彩的消息，更多人输得倾家荡产却鲜有耳闻。同样，我们喜欢聚焦于某些人物的成功并将之神化，而不太在意成功之前之后的许多失败经历。

2015 年 10 月，我采访迈克尔·乔丹，被誉为“飞人”的史上最伟大运动员（不仅是篮球哦）。他曾不可思议地带领芝加哥公牛队获得六次 NBA 总冠军，带领美国队获得两次奥运会冠军，他自己则获得五次常规赛“最具价值球员”、六次总决赛“最具价值球员”称号。他的传奇经历，连同他扣篮时的吐舌动作都被球迷们津津乐道，他们称他为“披着 23 号球衣的神”。他的飞跃姿态成为最成功的个人体育品牌，而在收购山猫队（现名黄蜂队）之后，他成为历史上首位职业球员出身的球队大股东，其年收入超过他作为职业球员时收入的总和。但是他却说：“我起码有 9000 次投球不中，我输过不下 300 场比赛，有 26 次人们期待我投入制胜一球而我却失误了。我的一生中失败一个接着一个，这就是为什么我能够成功。我从未害怕过失败，我可以接受失败，但我不能接受没有尝试。”

在采访中，他回顾了伤病带给他的肉体痛苦——他伸开双手，我能清清楚楚地看到右手变形的关节；他为圆儿时梦想，曾中途离开 NBA 去打棒球，在场上被嘘的尴尬经历，让他知道自己不是全能的，但也不会为尝试而懊恼；父亲被枪杀给他带来的精神痛苦则更让他刻骨铭心，在这之后他带领球队获得了那个赛季的NBA总冠军，夺冠后他在休息室的地板上痛哭不已；还有在华盛顿奇才队被质疑、被出局的困惑与挣扎……面对这一切，他的法宝就是父母从小教育他的那句话:“谁都会遇到倒霉事，你的任务是想办法把坏事变成好事。”

人生如此丰富，岂能用输赢一语概括？除了赢家和输家，难道我们不能做个玩家，在对梦想的追逐中体验一把挑战自我的惊喜与刺激？万一成功了呢？

人性的偏见地图

儿子五六岁的时候，我们全家去意大利旅行，罗马的著名景点“真言之口”自然是不能错过的。据说，这个教堂门廊墙面上张开大嘴的浮雕，能够识别谎言，并咬住说谎者的手。游客到此都争相把手伸进去拍照留念，情侣们更是在此许下相爱的诺言。电影《罗马假日》（*Roman Holiday*）里有这样的情节：格里高利·派克饰演的记者带着奥黛丽·赫本饰演的公主来到这里，当他把手伸入“真言之口”时，突然惨叫一声，拔出手臂，手已经不见了！公主受了惊吓，几乎昏厥。却原来是他把手缩进了衣袖！

排队的时候，我就跟儿子绘声绘色地描绘了“真言之口”的威力。天气很热，队伍很长，儿子拉拉我的手说：“妈妈，太热啦，咱们去别的地方玩玩？”看我不同意，他迟疑了一会儿，小声对我说：“妈妈，我能告诉你一个秘密吗？有一次你给我和妹妹一人一颗糖，我把她的那颗也吃了。”哦，开始忏悔了！没关系，你能告诉妈妈，这就很好。可是他似乎还是心事重重，眼看就快排到我们了，他又可怜巴巴地拉了拉我的手：“妈妈，还有一件事，那次家里的碗打碎了，不是阿姨的错，可我没敢跟你承认是我打碎的。”哦，那只碗的事啊，妈妈早就知道了，一直等你能主动承认。儿子明显松了一口气，坦然多了。可即使这样，等他勇敢地把手伸进“真言之口”，我刚拍了一张照，他就飞快地把手抽了出来，无论如何也不肯再伸进去了。我没有再追问下去，心想，成年人有关“真言之口”的传说本身，不也是一个“谎言”吗？

心理学家的研究显示，不仅人人都会说谎，而且谎言，特别是善意的谎言，是人类生存和社交的必需。我们哄孩子说“药不苦”，看望病重的老人说“很快就会好起来的”，为了不去参加某些活动谎称“已经有安排了”，失恋时还骗自己说“他一定会回心转意”，不一而足。为什么呢？为了不伤害别人，也为了保护自己。孩子不明白这么复杂的情感，小小的人要经历这么一番考验，难免忐忑不安，焦灼惶恐，这何尝不是成年人的残忍？

在情感关系中，我们能否对人性的弱点有所理解和包容，是成熟与否的表现。我们必须面对人性的弱点，比如我们常常感情用事，好逸恶劳，喜新厌旧，患得患失，贪心不足……

做网络谈话节目《天呐女人》的时候，有个女孩说自己为了验证男友是否忠心，就怂恿闺密前去诱惑，不料弄巧成拙，人家两人成了一对，自己反而被踢出局。这让海蓝、秋微和我不禁大呼：傻孩子，这就是所谓“不要考验人性的弱点”。比这更加要命的是我们挑战人性的弱点而不自知，比如：向同事炫耀自己跟领导关系好，还想不招人嫉妒；举止傲慢，还期待别人帮忙。

我们必须承认，人是容易自以为是的。我们自觉不自觉地评判别人，全然不知自己也在别人不断的评判中。在千万年的进化过程中，我们被生存的需求逼迫，要在最短时间内对遭遇做出判断。如果前面卧着一头狮子，我们的祖先必须在瞬息间马上决定：Fight or flight（搏斗还是逃跑），不然就难以活命。如果前方出现一个陌生人，我们的祖先也必须尽快判断：Friend or foe（是敌是友）？为了帮助对方理解自己的本意，不致误判，才有了诸如握手、拥抱、蹭鼻子等礼仪，以示善意。到了现代社会，我们仍然需要在短时间内判断所处环境，决定对方是否可以做朋友、谈生意，抑或是应该敬而远之……常常顾及不到对方的感受或对别人是否公平。

我们常常基于非常片面的信息，或者自我经历的联想，就在心里给别人贴上标签，下了结论，从而获得某种道德优越感。不幸的是，很多时候，人们是先形成固有印象，然后不断寻找证据来证明自己是正确的。我曾经有一次收到我的英国朋友苏珊的电邮说，相爱了多年的男友格雷格（Greg，BBC 前总裁，也是我和吴征的好友）最近另有新欢，而且就要举行婚礼了！我又惋惜又气愤！惋惜的是认识他们很多年了，他们两人在一起时是多么相亲相爱，这下子苏珊怎么接受得了？气愤的是，传媒界这些大佬，自以为有了些身家，就薄情寡义，喜新厌旧，置多年感情于不顾。我马上写了一封回信，对苏珊百般安慰，还写了些诸如“格雷格有眼无珠，日后一定后悔”“天涯何处无芳草，你一定能找到更好的”之类的话。回头我还告诉吴征说：“这个格雷格真可恶，以后再也不想理他了！”结果第二天，我又接到苏珊的电邮，告诉我，昨天的信其实是她和格雷格跟朋友们开的玩笑！他们两个决定结束爱情长跑，“拉埋天窗”举行婚礼了，希望爱情日日常新，永远像对待新情人一样对待彼此！她说看到我的回信，非常感动，一定要为惊吓到我们致歉。读到这里，我真是既开心又无语，这对活宝！看来并不是所有传媒界大佬都花心哦！

社会层面的刻板印象，常常被媒体和广告利用，因为重复和加强人们的偏见，会带来更高的收视率！可事实上，法国人就成天谈恋爱？美国人在性关系方面就很开放？黑人就一定擅长篮球和街舞？喜剧演员就成天讲笑话？富二代就张狂？凤凰男就吝啬？刻板印象不在于有过某些“印象”，而在于我们把这样基于少数案例的“印象”刻板化，以为它适用于一大群人。

《傲慢与偏见》里伊丽莎白对可怜的达西先生就极尽刻薄挖苦之能事，最终发现事实与她的预想正好相反！尽管在书中她的爱情最终修得正果，可现实中这样做却可能让本来有可能在一起的人失之交臂。我就发现不少非常优秀的女性，往往只凭男性的一些小小的举止细节，比如发型不时尚，或者没剪手指甲，就对他产生反感，把潜在的交往对象 Pass 了。或许她觉得这是自己自主选择的结果，但是很有可能反而成了偏见的受害者。毕竟，有些人品和个性特质要比发型和指甲重要得多。

而且，我们自己又何尝不需要他人的谅解与宽容呢？

ROSALYNN CARTER

4 January 2013

Dear Lan and Bruno,

What a wonderful evening we spent with you! The whole event was beautiful—not only the decorations, but the people and the purpose behind the "coming together." You assembled so many leaders who are wanting to make their contributions be more effective, thus helping more who are less fortunate have a better life. Jimmy and I both have great admiration for you in all your efforts.

We will treasure the gifts you presented to us. The superb vase will be on display in a prominent place at The Carter Center for all to see, and I have already enjoyed the lovely necklace you designed and gave to me, receiving many compliments throughout the holiday season.

We look forward to seeing you again, hopefully soon when you come to Atlanta.

Sincerely,

Jimmy Carter Rosalynn Carter

Thanks for all your good work —

在参加宴请后，西方人常常还会手写一封信或一张便笺，向主人表达赞美和感谢。

虽是举手之劳，却让人心头一暖。

Best wishes to Yang Lan &
Bruno Wu -
Jimmy
Carter

我是采访的“功课主义者”，

信任但不敢完全依靠自己的直觉与经验。

无论什么时候，要想让谈话深入下去，

都要从了解谈话环境和谈话对象开始。

就如奥巴马承诺的，他给了特奥大家庭一个快乐的夜晚！

好吧，你被原谅了！

STILL IN LOVE

安德鲁王子说，战争给他留下的最大的礼物就是“信任”。

没有信任，不可能成功完成任务，甚至不可能存活下来。

当话筒转向，采访者成为被采访者，会怎么样？

多少国家消失了，多少生命逝去了，一瓶小小的香，却还在。

历史、爱情、命运，就被封存在百年前的水晶瓶里。

我担任主持人遇到过的最大的场，是 2008 年 8 月 8 日的鸟巢。

GREAT PLAINS
ZARAFA CAMP

在博茨瓦纳沼泽区，住着《国家地理》传奇摄影师朱伯特（Joubert）夫妇。

丈夫德里克（Dereck）有着灰白色的头发和胡须，沉稳安静，妻子贝弗莉（Beverly）身材苗条挺拔，充满活力。

近百米高的树干粗壮笔直，直指云霄，让你这才明白什么叫顶天立地！

02 我遇到过无数精彩的生命

站在他们身边，我的心中充满了敬畏和感动，

一边感慨人生之短暂，一边又欣喜于与他们同为这个世界的一部分。

奥巴马的致歉

我在记者生涯中曾采访或接触过四五十位国家元首。在官方场合，他们身上明显带着职务的约束，多多少少总要“端”着点儿。而在采访之外，在相对轻松的环境中与他们交谈，会有更真实的交流感。

2001年，美国广播电视博物馆的全球年会在北京举行，美国前国务卿基辛格博士和近70位各国主要媒体集团（包括Hearst、BBC、CBS、Disney等）的主席和总裁出席。中国国家新闻办是邀请方，阳光媒体集团作为成员之一，是此次会议的促成者和赞助者。时任国家主席江泽民在钓鱼台接见与会代表，大家聊着聊着，不知怎么就从媒体说到了文化艺术。

江泽民主席说：“我最崇敬的历史人物之一是弘一法师。”然后，他突然转向我说：“杨澜，你给外国朋友介绍一下弘一法师吧。”

我毫无思想准备，一时怀疑自己听错了。见屋子里其他人一起转头看着我，才知道这个问题的确是对我说的！还好，我倒没有慌张，一边组织语言一边介绍道：“弘一法师出家前叫李叔同，他是中国最早出国学习西方艺术的人之一，也是有成就的诗人和画家，他作词的歌曲《送别》传唱至今。他把西方戏剧带到中国，也曾经男扮女装主演过《茶花女》。”

说实话，在那种场合，我也不知该说多少合适。这时江主席冲我点了点头：“说得不错。”

会见后，一位澳大利亚的电视台老板走过来，轻轻拉拉我的衣袖说：“澜，你事先知不知道他要问你这个问题？”“真不知道！还好我也很喜欢李叔同，才能说上几句。不然就糗大了！”我做了一个擦冷汗的手势。

那天晚宴上，江主席兴致很高，拉着李岚清副总理即兴唱起了《我的太阳》和《当我们年轻的时候》。那些老外，本来以为中国国家主席是比较严肃的，没想到他的性格这么开放，也忘记了矜持，起立报以热烈掌声并且同声合唱起来。有的还充当起记者，拿出相机、摄像机拍摄起来，为了获得更好的角度，有人甚至站到了椅子上！

政要们在退休后，往往回归平凡的生活。这对于他们，何尝不是一种解放呢？记得我在德国采访德国前总理施罗德时，他是一个人开着车来的。采访老布什时，他亲自开着电瓶车，载着我和摄制组从庄园的大门口到书房去。曾经发表“村山谈话”的日本前首相村山富市已经90岁了，我们出门迎接他时，只见他一个人从街上走过来，说：“离我家不远，走几条街就到了。”上楼梯时，我想搀扶他，他摆摆手说：“谢谢，我自己能走！”面对摄像机，他指了指自己雪白的寿星眉说：“人家都说我是有福气的帅老头哪。你可要把我拍得漂亮点。”

中西方在人际交往方面有不同的习惯，比如在宾主相聚甚欢的宴请或派对后，中国人往往在现场向主人表示感谢就可以了，而西方人除此之外常常还会手写一封信或一张便笺，以表达赞美和感谢。这种礼节在一切都电子化的今天，尤显可贵。虽是举手之劳，却让人心头一暖。

我收藏着卡特总统的一封信，那是2013年12月他和夫人应邀出席阳光文化基金会主办的慈善论坛和慈善晚会后，从美国写给我和吴征的。信中写道：

亲爱的Lan和Bruno，谢谢你们邀请我们参加阳光文化基金会的慈善论坛和晚宴，让我们度过了愉快而美妙的时光。你们对公益事业的付出让我们非常感动。孩子们可爱极了！

另外，你们送给我们的那只美丽的水晶艺术品，已经被我们放在卡特中心大堂里最显著的位置，所有看到的人都赞不绝口。期待在这里欢迎你们的到来。

卡罗琳和吉米

他们所说的礼物，是那天我送给他和夫人的一只“琉园”的艺术花瓶，其内部雕刻着一群鱼儿逆流而上，奋力向前。当晚，来自“阳光少年艺术团”的打工子弟们为卡特总统夫妇和数百位嘉宾演唱了四声部合唱《放牛班的春天》，那是他们在老师的指导下，把歌词从法语翻译成中文，并且用中、法两种语言演唱的。“在路上，被遗忘的迷失孩子，请向他们伸出援手，通向别样的明天，啊，那希望之光……”卡罗琳对我说：“你看这些可爱的孩子们，不正像那搏击的鱼儿，以小小的身躯顶开波浪，不屈不挠！”孩子们随打工的父母从农村来到北京，在这个陌生的大城市，一开始免不了有点自卑和孤独，早出晚归的父母也让他们缺少情感诉说的对象。但是人的价值，没有贫富，只有丰富。当他们歌唱的时候，他们感到自己被关注、被倾听，他们稚嫩但顽强的自尊在努力地生长。当一个孩子底气十足地报出他的名字和来自的乡镇村庄时，我真的为他们感到骄傲。舞台上的他们朝气蓬勃，发出来自内心的呼唤。我想他们回家一定会骄傲地告诉父母：“我今天见到了一位叫卡特的老爷爷，他夸我们唱得好。”

在慈善事业中，人与人之间的关系更平等、真诚。2014 年 8 月，我作为国际特殊奥林匹克运动全球形象大使，受邀参加美国总统奥巴马和夫人米歇尔在白宫的宴请。

这里不得不说说背景。奥巴马刚刚就任美国总统时，有一次接受一个夜间谈话节目的采访。主持人问他喜欢什么体育运动，水平怎么样，他回答说自己喜欢保龄球，至于水平嘛，“跟特奥运动员差不多”。他或许只是想开个玩笑，但却犯了美国社会的大忌。

智障人士和他们的家人不干了，特奥运动主席蒂姆·施赖弗（Tim Shriver）也公开指出，这样的玩笑对特奥运动员不公平。为此，白宫立即发表了道歉声明。由于 2015 年即将在洛杉矶举行特奥夏季运动会，奥巴马夫妇将出任主席，因此在 2014 年的 8 月，他们就邀请了特奥运动员和家庭，以及特奥会志愿者的代表到白宫做客，以表达对特奥运动员的诚意。

那天应邀出席的有 100 多人。我们陆续从白宫西门进入，走廊里有“融合”合唱团（兼有特奥运动员和普通人）高歌欢迎。我注意到在一楼休息室和二楼会客大厅墙上，挂着历任美国总统和第一夫人的画像。白宫曾经的主人用另一种方式与访问者交流。目光坚定的罗斯福夫人，亭亭玉立的肯尼迪夫人，以及面带微笑的克林顿（设计台词：

我夫人的画像到底应该放在第一夫人系列还是应该放在总统的系列中？)，若有所思的小布什（设计台词：我的弟弟有可能成为第三位布什总统吗？）……最耐人寻味的是肯尼迪的画像，因为在所有总统的画像中，他是唯一没有抬头的。他把双臂交叉在胸前，低头凝思着，似乎在苦恼，又似乎在祈祷。站在他的画像前，人们都会不自觉地放低声音，为他的英年早逝而唏嘘。

奥巴马比在电视上看到的更加消瘦些，鬓角已经花白，与客人握手时他总是非常专注地听他们的自我介绍并简短地回应。当他听说我是来自中国的特奥全球大使时，相当热情地说："谢谢你为特奥做的一切。请向中国的志愿者们致意！"米歇尔也显得十分有亲和力，一边与代表们握手一边对大家表示欢迎。为配合特奥会的标志，宴会厅的布置以红色为主色调。红色的桌花、红色的餐盘、红色的甜点，再加上红色的灯光，整个晚宴被笼罩在柔和温暖的色调里。在晚宴上，奥巴马起身为大家介绍了几位特奥运动员，其中一位已经经营起自己的餐厅，奥巴马不忘友善地请求他"给我在餐厅里留一个好位子"；一位拿到了好几个大学文凭，奥巴马带头给她鼓掌。饭后，他又请出最当红的流行歌星凯蒂·佩里（Katy Perry）演唱《周五晚上》和《烟火》，引得全场尖叫并舞蹈起来。就如奥巴马承诺的，他给了特奥大家庭一个快乐的夜晚！好吧，你被原谅了！

最佳离婚伴侣

什么是公主范儿？矜持，傲慢，高冷？

一个周末，吴征和我受邀去英国安德鲁王子家里做客，车子穿过巨树参天、绿草茵茵的庄园，我心里猜想着等会儿要见到的两位公主是怎样的。没想到一进门，迎接我们的却是两位穿着休闲装的少女。

安德鲁王子的长女比阿特丽斯公主热情而又健谈，不一会儿就跟我聊起天来。她说她刚刚高中毕业，已经被剑桥大学录取，主修文学和历史，但决定推迟入学一年（Gap year），去周游世界。次女尤金妮郡主有点害羞，说起话来声音很温柔，一直安静地坐在姐姐身边。午餐是家庭自助餐，虽然有管家摆好餐具，但分菜的事由两姐妹完成。她们又倒水，又递菜，还询问父母和客人需要什么沙拉酱以及主菜的配料。她们做这一切时自然熟练，就像邻家女孩。（顺便问一句，你的邻家女孩给你布过菜吗？）所以，真的公主不仅能察觉被子下有一粒豌豆，更能给客人的盘子里舀豌豆！

那一天，比看到公主帮忙盛菜更让我吃惊的是，安德鲁王子对待前妻的态度。莎拉·弗格森（Sarah Ferguson）与安德鲁王子于1996年离婚。离婚后他们两人都把女儿的健康成长放在首位，不仅双双陪伴孩子过节假日，还一同参加他们的毕业典礼。在家里，四个人在一起的照片比比皆是，这让两位公主的成长环境并没有因为父母离异而受太大影响，性格都相当开朗乐观。

安德鲁王子与莎拉也因此被称为“最佳离婚伴侣”（The Best Divorced Couple）。这个称号本身就很矛盾，但也折射出在离婚率上升的社会中，离异的伴侣不必落到水火不容、恶言相向的地步，仍然可以以礼相待，共同承担父母的责任。而在王子家做客时，莎拉的男朋友也在一起聊天吃饭，王子并没有露出不悦的神情。这还真是现代家庭关系的写照啊！

在后来我对安德鲁王子所做的专访中，他说道：“关键是我和莎拉决定把女儿放在关系的首位，尽可能把离婚这件事带来的负面影响降到最小，我们之间也还是朋友。”当时他的侄子威廉王子和凯特王妃刚结婚不久，这位叔叔毫无保留地送上祝福：“看到两个人真心相爱，真是太好了！他们是真实的人，不是演员。我注意到他们夫妻俩养了一只狗（在他们生小孩之前），这是一个好兆头，狗与主人之间的良好关系，也是婚姻生活成功的信号。”

英国皇室子女从小接受的教育和训练是非常严格的，在上学的时候，他们要与其他学生一样完成作业和身体锻炼，哪怕其他孩子有轻微的欺负皇室子女的行为，也会被老师默许。在老师们看来，没有强壮体魄、强大意志力和责任感的人是不能被称为贵族的。

在著名贵族学校伊顿公学的校史中就记载：在第一次世界大战中有 600 万英国男子奔赴战场，死亡率为 12.5%，而伊顿公学毕业生参战的死亡率为 20.6%，因为他们总是冲锋在前，视荣誉和责任感为最高追求。

而在第二次世界大战中，有 4960 名伊顿公学毕业生参战，其中 745 人牺牲。这也就不难理解，为什么英国皇室的历代王子几乎都有从军经历。安德鲁王子就曾在海军服役，担任直升机飞行员。在福克兰群岛战争前，22 岁的他已经是获奖的飞行员。但其实王子参战，不仅无法避免战争本身的危险，还有可能因为身份原因而成为敌方刻意针对的目标。

在采访中，安德鲁王子告诉我，当时他的母亲伊丽莎白女王没有跟他谈论过参战这件事，因为“她没有必要这样做，我是军人，自然听从军队安排”。部队开拔前，安德鲁王子去向母亲告别，说:“真抱歉，我要走了，还不知什么时候回来。”女王当时正在骑马，她望着儿子点点头，说已经知道了并祝儿子好运，完全没有悲悲戚戚、难舍难分的桥段。这也充分体现了英国人情感的内敛与节制。但儿子上战场，母亲哪有不担心的呢?

等到战役结束，王子在基地舰艇上找到一部可以打通女王电话的座机，当他拨通了号码，从电话那头的语气中，他听出女王先是不敢相信那是儿子的声音，连问了好几次:“是你吗？”“真是你！接线员说是你，我说不可能是你，因为你应该还在海上！”然后仿佛心中放下一块大石头，说:“你没有受伤？太好了，太好了！”她说前一天她还去教堂祷告过……

安德鲁王子说，战争给他留下的最大的礼物就是“信任”。在战场上，并肩战斗的战友彼此以命相托，没有信任，不可能成功完成任务，甚至不可能存活下来。为了广大退伍军人的福利，他甚至在 52 岁的时候，从英国最高建筑、338 米高的碎片大厦（Shard）上速降下来，为他们募款。他的女儿们率先捐款表达对父亲的支持，而他的哥哥查尔斯王子一边表达赞赏，一边摇着头，说："可怜的人，一定是疯了！"（You're sadly mad.）

查尔斯王子是英国历史上等待继位时间最长的王储。我感觉他是一位非常腼腆的人。即使演讲，他也没有太多的抑扬顿挫、慷慨激昂。他的声音通常很轻，演讲中眼睛还不时看着地面。就是这样一个低调、注重隐私的人，偏偏是世界上最被关注、最饱受质疑的人之一，不能说不是一种讽刺。当然这也是他无法选择的。拿破仑说过，最可怜的是那些从出生就注定命运的人。身为女王的长子，查尔斯五岁就成为王储，一生的命运也从此被决定，他就是拿破仑说的这种人吧。我不禁对他有点同情。

不过，即使是我这样一个外国人，也可以看出他非常勤勉诚恳地工作着，比如他一年出席的活动就达 500 场之多。

我和吴征曾两次接受他的邀请，到克拉伦斯宫参加晚宴。其中一次是他宴请十位华人企业家和艺术家，席间他最感兴趣的话题是沼气的利用与可持续发展的城市。（完全不顾这个话题带来的联想与美食的冲突！）认真一听，我发现他对这个话题的技术要点很是"门清"，把一位专门做城市公共设施建设的企业家都问倒了！

数年前，查尔斯王子发起"热带雨林计划"，游说联合国、各国政府和民间人士用环境补偿的方式保护仅有的热带雨林，并取得了不错的成果。为此，他还邀请了全球十几位广告和媒体界精英在克拉伦斯宫参加晚宴，主题就是热带雨林计划的媒体推广方案。他把我安排在他的右手座位上，这是女士的主宾位。交谈中我发现他的西装外套的袖口已经磨出了线头，一看就穿得有年头了。而他的宴会厅温度不高，让穿着夜礼服的女士们感觉有点冷，纷纷围上披肩。我忍不住问他平日里室内温度都这么低吗，他解释说为了节省能源，他的宫殿里火炉和空调系统都做过改造，以提高能源使用效率，平时温度也定得不高，可以节省一点能源。“不过，让女士们觉得冷，就太抱歉了！”他一边说着，一边按了桌上的一个按钮，不一会儿，管家就轻手轻脚地走到他跟前，听他低声交代后退了出去。开暖气去了！知道了这件事，餐桌上的人们，包括媒体和广告公司的负责人们都笑起来，说王子这么做，是不是让我们大家回去都把室温调低点?

王子腼腆地笑了，说请你们专家来，是希望你们出些好主意，把保护热带雨林的理念传播得更广。大家你一言我一语地讨论起来，吴征提出应该利用互联网传播，吸引年轻人的参与，得到了大家一致的认同。

这之后不久，一则网络公益广告传遍全球，视频中，一只电脑合成的“雨林蛙”出现在查尔斯王储和他的两个儿子的肩头。借用“青蛙王子”的典故，三位王子呼吁人们保护岌岌可危的热带雨林。接着各国政要、名人和普通网友纷纷参与，合成自己与雨林蛙的合影，来支持这一活动，前后共筹款50亿美元，用于支持世界主要雨林地区的环境保护。

王子与青蛙，让童话成为可能。

魅力与气场

魅力是可以在无形中吸引别人的力量，很多因素可以增加一个人的魅力，美丽的容貌是其中最直接最有效的一种。

说到美貌与魅力，奥黛丽·赫本是首先跳出我脑海的名字。集女孩的天真和女人的性感于一身，优雅又调皮的眼神清澈明亮，一见之下让人过目不忘。上天就是会偶尔造就这样完美的人儿，让你感叹原来完美是真的存在的。完美通常经不起时间的考验，但赫本做到了。

她从事的人道主义工作和自身具有的良好的修养，让她即使到了暮年，也自然保持着高雅的气度。

谁没有年轻过，可是你老过吗？

自信是一种魅力，它让自己和周围的人感到自在。对比许多女人在年龄面前张皇失措，欲盖弥彰，国际货币基金组织总裁拉加德的一头银发，魅力无穷。它代表资历——专业的背景和多年的历练；它代表勇气——不随波逐流，不取悦于人；它也代表从容——面对岁月的坦然。这份自信让她赢得更多信任。当然这个发型肯定是经过精心设计和打理的，体现出女人的时尚品位和自我要求。再加上她挺拔的身姿和小麦色皮肤，给人一种精干自律的形象。

无独有偶，中国外交部副部长傅莹的一头银发也打理得得体大方，将外交家的资历和女性的亲和力集于一身。你看她主持全国人大新闻发布会时，挥洒自如，蓬松的银发成为她形象不可缺少的一部分。

拉加德每次来北京访问，都会请上几位女性朋友吃顿饭，聊聊天，我也常在受邀的名单中。有一次，傅莹大使也在座，大家不禁聊起她们俩的发型，说她们是“银发美人”。她们俩都笑起来，说其实只是被染头发这件事弄烦了而已！

当然，也有人不怕麻烦的。我想起几年前在日本东京的一家百货商店里，遇到一位已经80有余的老奶奶。只见她一身淡雅的和服，举止文雅极了，头发却染成了鲜艳的紫色，高高盘起，像燃烧的火焰（紫色火焰）！那分明是一份宣言，一份挑战，谁说女人老了就不能意气风发？！

自信的不只是女性。身为香奈尔艺术总监的德国服装设计师卡尔·拉格斐个性十足。看到他所有的照片，永远黑衣黑裤黑领结，一副黑墨镜遮住近乎半个脸，我想这人该多做作啊！可是见了面，他出人意料地诚恳，而且坦率："我第一次来北京，长城，美；故宫，美；水立方，美；鸟巢，美；国家大剧院，丑！"我问他："如今时装设计师自身已成为Icon（偶像），我们需要这样的偶像来膜拜吗？"他应声回答："你如果问别人这个问题，他们可能会谦虚地说，哦，我不是Icon……但我会承认，做偶像是我的常态，我就是与众不同！"我喜欢他的态度！

有活力和创造力的人有魅力。阿维·阿拉德（Avi Arad）是电影《蜘蛛侠》《X战警》的制作人，曾担任漫威的主席和首席执行官，还兼首席创意官，出品过《钢铁侠》《复仇者联盟》等超级英雄大片。但他本人最早并不是做电影的，而是一名玩具设计师和漫画作家。来到他的工作室，就如进入超级英雄的世界，海报、玩具、模型、游戏机，热热闹闹地同处一室。蓄势待发的蜘蛛侠、神态嚣张的科技狂人、野蛮冷酷的机器恐龙，英雄与魔兽同处一室，夸张到了极致，却是真实的人性原始冲动的写照。孩子们一到他的工作室就“哇”地张大嘴巴，成年人也童心大发，忍不住碰碰这个，摸摸那个。阿维还设计过不少电子游戏，比如最早可以选择角色的对打游戏，玩家可以选择变身金刚狼或是冰雪侠，今天玩起来也不失乐趣。他指着一只身上描绘着蜘蛛侠服装的木头熊说：“这是柏林熊。因为我的家人是‘二战’纳粹集中营的幸存者，我一直拒绝去德国。后来柏林人专门做了这只蜘蛛侠小熊送给我，表示友好。”他的桌上还有一只红色的中国瓷瓶，是周星驰送他的礼物，其实是一个骨灰盒。这事如果放在中国，人们肯定会忌讳的，但阿维却不以为忤：“周星驰跟我约定，就是到了只剩骨灰的时候，也要约着一起玩！”真是骨灰级玩家！

阿维的妻子乔伊斯（Joyce）是一位雕塑家，绝佳的品位和优雅的谈吐让她充满了魅力。她的雕塑风格属于现代抽象派，舞蹈人物的瞬间动态是她喜欢的主题。看上去她娇小的身躯和斯文的举止与喜欢哈雷和重金属的阿维正好相反。当年，她这个纽约上东区的大小姐执意嫁给没有稳定收入的玩具设计师，出乎所有人意料。穿着随意的阿维最初去乔伊斯家的公寓楼时，门卫还不准他进去呢！大概是异性相吸吧，这对看上去反差很大的恋人如今已经结婚 40 多年，子孙满堂，两人对视的眼神依然甜蜜。什么是魅力？又是如何催生了两个人之间的化学反应？大概只有当事人能说得清。

每个人有不同的能量级别，就好像人在寒冷中会趋向温暖，人们往往会被比自己能量级别高的人吸引。究竟什么样的人能量高，或者人在什么状态下能量高呢？MIT（麻省理工学院）曾做过实验，测量人在不同状态下的能量变化。结果发现，能量级别最高时，既不是运动中，也不是狂怒时，而是在冥想静坐之时。内心宁静、宠辱不惊的人最有魅力，能给人带来愉悦而平和的感受。

昂山素季和朴槿惠是我见过的最为谦和的人。我是在一次国际论坛上见到昂山素季的。她瘦小的身材，穿着素雅的印花裹裙，鬓边一如既往地插着一朵花。神情舒展祥和，别人提到她所遭遇的苦难，她只淡淡一笑；别人说起她的成就贡献，她会低头合掌表示感谢。不管周围聚集了多少人，她也不急不躁，不慌不忙，和声细气地一一作答，被安保人员保护时，她还满怀歉意地向四周的人打招呼。朴槿惠似乎也是这样的性格，说话声音不大，语速不快，甚至会有些羞怯地垂下眼睑。但如果你了解她曾经遭遇的父母遇刺、亲朋离弃，还被极端分子用刀割伤面颊的种种经历，就无法不对这位坚忍勇敢的女子产生尊敬，不论她是否担任总统。

有人说权力和财富能够增添魅力。我不否认这些因素会对有所需求的人构成吸引力，但它们毕竟不是人本身的魅力，甚至容易让人先入为主地对它们的主人有了挑剔评判的眼光。特别是那些在权力和财富周围狐假虎威、攀龙附凤的人，不招人讨厌就已经很幸运啦！这让我想起那个有关曹操的故事：一次接见外邦使臣，曹操一时兴起，找了个替身让他穿上自己的服装坐在正位上，而他自己却以武士身份站立一旁。会见结束，有人问那位使节对曹丞相有何印象，使节说，对曹丞相的印象一般，但是他身边那位持刀站立的武士气宇轩昂，着实不凡！看来，魅力挡不住，曹丞相的气场很强大哦！

就叫我"光美"

我的一本书，取名叫"一问一世界"，意为用一个个问题叩开世界的大门，走入心灵的秘境。这话套自禅语"一花一世界，一叶一菩提"。无独有偶，英国诗人威廉·布莱克有诗云："一沙一世界，一花一天堂。掌中握无限，时光存永恒。"（To see a world in a grain of sand, and a heaven in a wild flower. Hold infinity in the palm of your hand, and eternity in an hour.）个体生命何其渺小，一生一世何其短暂，能触摸到这大千世界的一角，窥视复杂人性的一斑，已是不易。然而，我等凡夫俗子，却也因为个体的感知和经历，可以体会到生命的精妙、宇宙的存在，仿佛是一块织毯中的一个线头，不经意间成为一幅壮丽图景的一部分，岂不神奇？

提问，既是记者的本分，也是我试图在个体经验之外，尝试理解和连接更多人、更大世界的努力。1998 年我在凤凰卫视工作时开始制作访谈节目《杨澜工作室》，历时两年。2000 年创立阳光媒体集团，2001 年又推出《杨澜访谈录》，至今这个栏目仍是中国电视上最早，也是持续播出时间最长的高端访谈节目。我前后采访了国内外近千人，他们中间有领导者、思想者、创新者，也有新闻话题的当事人。《杨澜访谈录》以“纪录时代的精神印迹”为使命，既讲故事，也谈话题，带有我们那一代媒体人的时代烙印，承载着我们的文化理想。我这个人并不算特别聪明，幸好有自知之明，知道要做功课，下功夫。以每次采访平均“功课量”为 10 万字计，总的阅读文字量应该相当可观。策划会、准备、采访、编辑等时间加在一起，上万个小时应该也是有的。不是有种说法吗，什么事做了上万个小时，基本上也就熟练甚至精通了。今天我敢说，只要给我足够时间准备，采访任何人都是可能的。

那么当话筒转向，采访者成为被采访者，会怎么样？说实话，那种心情有点怪。一方面，因为了解采访的不易，我会有一种冲动要帮助对面的同行完成任务："你不就是想问……吗？我觉得这个故事会更契合你的主题。"另一方面，因为熟知采访的窍门和陷阱，为了保护自己，也会跟对方玩一些猫捉老鼠的心理游戏："想用激将法啊？我还就不接招了。"总之，拧巴。

我曾经接受美国老牌主持人查理·罗斯（Charlie Rose）的专访。他问我："中国人怎么看待美国？美国人对中国最大的误解又是什么？"因为我自己做采访时最怕对方云里雾里不切要点，所以回答问题时就不愿意拐弯抹角。我说："普通中国人对美国的法治和民主、经济、科技和文化的发达是有好感的，不然就不会有这么多中国人把孩子送到美国来读书。然而对美国的外交政策就不一定赞成，比如大多数中国人认为美国发动伊拉克战争就缺乏足够的理由。而美国人对中国的理解，常常以偏概全。中国的国土面积几乎像欧洲一样大，而能够被美国媒体报道的事件太少了，使得普通美国人心目中对中国的印象总是刻板而片面。在当今世界，你可以不喜欢中国的一些方面，但不能不了解它的发展和转变。"

无论是采访还是被采访，讲述个人的故事永远比讲道理更受欢迎。2015 年 9 月 27 日我作为对话嘉宾出席"克林顿全球论坛"，接受切尔西·克林顿的采访对谈。她问我的第一个问题就是我对 20 年前在中国召开的联合国世界妇女大会有什么感想。我说："20 年前，我正在哥伦比亚大学国际与公共事务学院读研究生。一个夜晚，我接到北京的一个电话，告诉我联合国世界妇女大会即将在北京召开，这是当时在中国举办的最大的国际会议，希望我回国主持开幕式。我答应了。大会开幕那天，我记得在人民大会堂，当我对数千名全球各地的与会代表说‘Here we are, in Beijing!’时，全场掌声雷动。那种‘在一起’的感觉让人终生难忘。”论坛活动结束后，我跟切尔西换了身份，我开始采访她。她也从个人的故事开始讲起。就在前一天，她刚刚庆祝了自己的女儿夏洛特的一岁生日。就像中国人有“抓周”的习俗，她把一些芝麻街玩偶和故事书（其中包括克林顿总统和希拉里送给外孙女的）同时放在女儿面前，结果小婴儿抓起了书本！切尔西说做母亲的经历让她对世界有了新的认识，更关注儿童的健康成长，并且透露她正在写一本书，告诉孩子们应该如何保护自己！

回答问题，不用拐弯抹角。CNN *Talk Asia* 栏目曾经在2008北京奥运会召开前专访我，主持人恩杰莉·饶（Anjali Rao）问:“奥运会是不是只与中国人的民族自豪感有关？”我说:“民族自豪感是一方面，另一方面，也代表了中国对世界的态度。举办奥运会让中国的各个层面，从精英到大众，从体育界到政治、文化领域，全方位地以一种更加真实的姿态面对世界，代表着中国的开放与进步。”她听了频频点头。

我遇到的最难回答的问题是："在你采访过的所有嘉宾中，谁给你的印象最深？"天哪，这叫我从何说起呢？有些人智慧，有些人深邃，有些人幽默，有些人强硬，有些人口才好天生会讲故事……不过，的确有这样一些人，历经时间冲刷，即使繁华已经成为寂寞，新闻已经成为旧闻，领袖已经成为平民，依然让人心动。这样的印象不来自别处，只来自人格的魅力。

我永远不能忘记2001年那个冬日的早晨对王光美女士的采访。"叫我光美吧。"她对踌躇着不知该怎么称呼她的我说，并当着我的面她打开衣橱，问女人最常问的那个问题："你说我穿什么好呢？"我一看，衣橱里只有十来件当季的衣服，有一件浅蓝色的开衫毛衣，上镜应该很不错，就建议她选这件。她眼神里带着欣喜，回头对我说："我也想选这件呢，想到一块儿去了。再配一条纱巾怎么样？"纱巾蓝白相间的花色，让她整个人都生动起来。就这样我们开始了长达三个小时的采访。我面前这位文雅亲切的女人，是多么传奇的女性啊！部长家的大小姐，当年的学霸，中国第一个核物理专业的女研究生，心怀救国梦想，离家出走奔赴革命，爱上那个严谨沉静、名叫刘少奇的男人，念念不忘在生活极其困苦的时代，他为她亲手削的一只梨……后来她成为一大群孩子的母亲，包括他的前妻的孩子们，在内井井有条地照顾着被毛泽东称为"中南海最幸福"的一个大家庭，在外作为共和国主席的夫人，出访东南亚，光彩照人。在史无前例的浩劫里，乾坤颠倒，众叛亲离，共和国主席无力地举着宪法，试图跟红卫兵讲公民的基本权利，却只换来更残酷的批斗。绝望中，她把手伸向抽屉里的安眠药，被丈夫用眼神制止。当刘少奇在炎炎烈日下被无休止地审问，连口水也不给喝的时候，她不顾阻拦冲上台子，紧紧抓住丈夫的手，跟他站在一起，任惊涛骇浪将他们吞没！这是怎样的勇气？这种勇气不是因为是主席夫人，而是因为是一个妻子。她对我说："我也不知道哪里来的力气，什么都不怕。就是想，你们不能这么对待一个人！"回忆起这刻骨铭心的痛，王光美力图让颤抖的声音平静下来。而这时来看姐姐的王光英先生已经泣不成声，七旬的老人哭得像孩子一样："我姐姐，对少奇真是无怨无悔啊。"王光美摘掉别在身上的麦克风，走过去，温柔地抱着弟弟的头说："别激动，对你身体不好。嗨，你也是无怨无悔啊，当年沾我们的'光'也沾得够呛。好了，都过去了。"面对此情此景，我也无法保持记者的冷静，热泪滚滚而下。如果光美的故事停留在对"文革"的控诉，那么她只是一位勇敢坚忍的幸存者，但她做的远不止这些。被平反昭雪后，她把在监狱里遭迫害致死的母亲的遗产悉数捐出，为贫困母亲成立慈善基金会。她只留下了母亲的一件东西，那是一台老式座钟，早过了它应该服务的期限，根本不能准确报时。光美却如珍宝般稀罕它，时时擦拭，在它嘀嗒嘀嗒的节拍里出神。有人建议，她完全可以彻查当年身边的工作人员里有谁诬陷过他们，她摇了摇头说：“何必呢，他们当时可能也是有为难之处吧。”这就是王光美，命运给她的磨砺，除去的是岁月的浮华，留下的是钻石般璀璨的光芒。“就叫我光美吧。”她说。是的，除此之外，她不需要任何头衔。

你未看此花时

王阳明曾经写道：“你未看此花时，此花与汝同归于寂；你来看此花时，则此花颜色一时明白起来。”

这世上有许多非凡的风景，我等作为匆匆过客，原本不值一提。但不知怎的，它们触动了我们的心灵，让我们的情感，连同视线，与它们联结在一起，令人久久不能忘记，也无法归于寂寞了。

故宫是世界上最大的院落。近万个房间，层层的围墙与门窗，拒绝任何人窥视与打探，也守卫着无数的秘密。采访故宫博物院院长单霁翔时，他说，闭园以后，当他独自漫步在空寂的紫禁城，会感到自己并非独自一人。虽然没有遇到什么娘娘的灵魂，但是会强烈地感到，那一砖一瓦、一草一木，皆有前世今生，都是会呼吸、会生长、会衰老的生命。它们在诉说自己的故事，也在倾听今天的世界……于是，那些在意并在乎它们的人的心中，一份尊重油然而生。单院长对故宫的管理做了不少改革，其中之一就是在餐饮处设置了更多长椅，让脚乏的游客不再三三两两地蹲在地上吃饭。“你让游客更有尊严，他们就会给故宫更多尊严。”

日本京都金阁寺的后院，有一处知名的枯山水，就是没有植被，只靠石块沙砾精心布置的园林。在这处紧挨着僧人修行的禅堂的院子里，有 12 块石头。不过，除了从空中俯瞰，无论你站在院子的哪一个角落，你都只能看到 11 块石头。设计者这样做可谓用心良苦：每个人都无法全知全能地看到事情的全貌，都有自己的局限性，所以要常怀谦卑自省之心，学会换位思考。

接受刺激的可不仅是视觉。巴黎香榭丽舍大街 68 号，“娇兰”品牌的百年老店。这个有着近 200 年历史的香水品牌，曾是拿破仑三世订婚时的香水提供者。当年，这座三层建筑，一层是店面，二层是作坊，三层就是娇兰(Guerlain)先生全家人居住的地方。经过当代设计师的改造，建筑原有的彩色大理石墙面和天花板的镜面材质完美结合，让店面看起来雅致而生动。但这不是主角，主角隐而不露。它萦绕在你周围，从你踏入房间的一刻起，就将你的嗅觉前所未有地唤醒。那是数百种香水的检阅，丰富的花香、木香、动物香混合着，在鼻腔里冲撞，激活你的嗅觉末梢，带给大脑活跃的想象。历史、爱情、命运，就被封存在百年前的水晶瓶里。有些瓶子虽然从未被开启，里面的香水却已经于无形中逃逸，挥发了一截，人们称之为“上帝的那份儿”。气味据说与人的内在气质和深层记忆有关，甚至是那些已经被我们的大脑“过滤掉”的记忆，都能被气味唤醒。从这个意义上来说，总有某款香味如密码般神秘地契合了我们的个性，哪怕不为我们所知。是这一款吗，如五月的草地？还是这一瓶，如炉火边的好梦？抑或是这种加那种，是某人与我擦肩而过时的气息，人已去，香犹在？已经极致了，偏偏还有时间这位最昂贵的调香师：这是 1894 年的香水，材料来自中国，那时的欧洲沉迷于“中国风”；那是 1914 年的香水，两个月之后第一次世界大战爆发……多少国家消失了，多少生命逝去了，一瓶小小的香，却还在。

纽约的林肯中心是表演艺术的殿堂，它由歌剧院、音乐厅、室内音乐厅、芭蕾剧院、电影院和茱莉亚音乐学院等组成。2014 年，室内音乐厅爱丽丝杜利音乐厅（Alice Tully Hall）完成新的装修，堪称“场”气营造的典范。室内设计师在非洲选了一棵莫比树（Moabi），树干呈棕红色；用日本的超薄旋切技术，将树干裁切成砖块大小几乎透明的薄片，然后将其粘贴在透明亚克力砖的表面，覆盖整个音乐厅的墙壁。夜晚，当隐藏在砖墙背后的 LED 灯光亮起，就会有柔和匀称的棕红色光晕布满整个音乐厅，营造出温暖梦幻的气氛。是的，覆盖整个剧院的木材，只来源于同一棵树！坐在这样的剧院里，观众感受到舒适、安全，不知不觉放松了心情，期待着音乐响起的心动时刻。

而更为中国观众所熟悉的维也纳金色大厅，每年都会举办维也纳新年音乐会，曲目以施特劳斯家族的圆舞曲为主，比较通俗，现场气氛欢快轻松。说起来我对它还挺有感情，因为它是中国电视台最早转播的国外音乐会，而负责转播的是我曾经工作过的国际部，担任解说的是赵忠祥老师。在外国音乐节目屈指可数的 20 世纪 90 年代初，每年到了转播维也纳音乐会的时候，同事们都特别兴奋，讨论的不仅是曲目的选择和电视转播方式的创新，还有观众的服饰："你看，镜头又给那对日本夫妇了，他们好像连续几年都来听音乐会，女的这套和服很漂亮啊！"而赵老师的神情，好像不是去工作，而是去享受。他乐呵呵地端上自己的茶杯，嘴里哼着《蓝色多瑙河》的旋律，招呼着我们这些小字辈："我得干活儿去了，多好的音乐会！看看人家的镜头给的，学着点。"令人难忘的还有，新年音乐会的压轴曲目常常是《拉德斯基进行曲》，观众按着节奏鼓掌，一下子使场内气氛达到高潮。几年前，我与老公和儿子到现场听了新年音乐会，事后还接到老同事的电话："今年转播的时候在镜头上看到你们一家了。"昔日音乐梦，今成梦中人。现场令我印象深刻的，还有在舞台周边两侧包厢和走廊里绚烂缤纷的花艺，洋溢着新春的气息。音乐会结束后，主办方欢迎观众随意抽取鲜花带回家去，意为分享新年喜悦。于是在剧院内外，随处可以看到手中握着花枝的女士们和她们如花的笑容。

我担任主持人遇到过的最大的场，是 2008 年 8 月 8 日的鸟巢。夏季奥运会开幕仪式之前，是 40 分钟的暖场演出。作为主持人，我和黄宏、董卿、吴大维、周瑛琦要欢迎来自世界各地的所有观众，并向他们介绍观演过程中的互动环节。今天回想起来，记忆最深的，竟然是"路真长"！从化妆间走到上场门，要穿过相当于半个鸟巢周长的狭窄走廊。一路上避让着身着演出服的演员们，一拨是长袍宽袖的儒生，一拨又是衣袂飘飘的仕女，突然一队水手神情紧张地举着桨冲过来，惊得你不由自主往旁边一躲……别忘了，还穿着 10 厘米的高跟鞋呢！走到入场口时，我的脚踝都有点酸痛了。时间一到，我们彼此打了一个手势，分别从两个上场门向鸟巢中心走去。在电视上看是一小段路，实际上有 100 多米呢！ 9 万人的嘈杂，如远处翻滚的雷声，带来的压迫感让人感到渺小。因为场地太大了，我能听到自己声音的回声。这种时候一定要慢慢说，不然容易乱了节奏。我深吸一口气，小宇宙满满的，向世界发出北京的声音："女士们，先生们，我们怀着自豪的心情，欢迎你们来到北京！”说来也神奇，9万人的场，一旦有了共同的关注点，就会产生巨大的聚合力，爆发出令人难以想象的能量。全场观众在我们的引领下，一会儿挥动荧光棒，满场星光；一会儿又做出人浪，此起彼伏。那种兴奋快乐的情绪，真让人难以自已，我们几乎像唱歌一样喊出“Are you ready？”“Yes!”四面八方的声浪让我彻底陶醉了。至于之后我是怎么找到自己的座位的，完全没有印象！

相比于这些人工营造出的“场”，大自然的“场”则更加具有神秘气息。

在博茨瓦纳沼泽区，住着《国家地理》传奇摄影师朱伯特（Joubert）夫妇。丈夫德里克（Dereck）有着灰白色的头发和胡须，沉稳安静，妻子贝弗莉（Beverly）身材苗条挺拔，充满活力。他们的共同点是敏锐的眼睛和热情的灵魂。从20多岁开始，他们深入非洲拍摄野生动物纪录片，包括《天敌》《最后的狮子》等，至今已有30余载，先后获得了八次艾美奖。多年的野外生活和拍摄，使他们与周围的环境融为一体。我惊奇地发现，他们的帐篷营地几乎没有栅栏，河马、大象，甚至花豹，都可以自由光顾。有一天清晨，一头成年公象就因为贪吃帐篷顶上的树果，大大咧咧地霸占了露台，它用长鼻扫落果实，卷入嘴里，怡然自得地品味起来，害得帐篷里的人不敢出来。德里克大大方方地慢步走到大象面前，凝视着它，然后用石块不急不缓地敲打着树干，仿佛在客气地说：“伙计，吃得差不多了吧？这是我的领地，请你以后再来。”大象好像听懂了他的语言，竟然慢慢倒退，恋恋不舍地退出了营地。当夜幕降临，朱伯特夫妇在树林边的空地上拉起一块白布，给我们几位朋友放映了一场露天电影，就是那部花了五年时间制作完成，描述一只母狮顽强生存的纪录片《最后的狮子》。我们的四周，非洲草原的居民们——狒狒、瞪羚、大象、鸟雀，也在不远处观察着我们，观察着那些移动的景象，一个它们既熟悉又陌生的世界。据说过去这部电影在野外放映时，还出现了狒狒们奋力向荧幕上的狮子投掷石块的事情！就在这天夜晚，当我们意犹未尽地回到营地，朱伯特夫妇点燃篝火，告诉我们他们的担忧：愈演愈烈的盗猎已经严重威胁到非洲野生动物，特别是大型猫科动物以及犀牛和大象的生存，使它们面临灭种的绝境。篝火映红他们的脸颊和忧伤的眼神，身边的河水中传来蛙鸣和河马的呻吟，使这夜色格外深沉。当晚，所有在场的来自不同国家的人们，把手放在一起，庄重承诺，尽自己所能，呼吁全球关注非洲濒危野生动物的保护，每个物种都是大自然不可或缺的一部分，我们就是非洲。

你感受过大森林的气场吗？一种庄严而宁静的力量。在苏格兰高地，在冰川时代塑造的大峡谷边，是千百年的森林如士兵般地守卫。因为潮湿的缘故，青苔布满巨树，无论是站立的还是倒下的，仿佛以它青翠的柔软抚摸着褐色的沧桑。苏格兰人说：“每棵长着青苔的树上都有一个精灵。”身处其中，你忍不住会用指尖触碰那潮湿柔软的苔藓，与住在那里的小灵魂打个招呼，却又不忍心更多打扰，只留下无限的神奇想象。罗琳笔下哈利·波特的魔法森林绝对是有出处的！

如果你有机会去美国加州，一定要去 Yosemite（优山美地）国家公园。作为美国最早的国家公园，这里保护下 70 多万公顷的原始森林，以松、柏、杉树为主，直径一米以上的树木比比皆是。而最让人震撼的，是千年以上的巨型红杉！那是自然界的巨人，直径达到 10 米（每 1 英尺的直径相当于 100 年）。曾经有一棵红杉树干开裂后，人们居然可以开吉普车从中间穿过，而大树仍然自顾自地生长着！近百米高的树干粗壮笔直，直指云霄，让你这才明白什么叫顶天立地！它每天要吸收 1000 加仑的水，每 100 万颗种子中才有一颗能够发芽生长。在区区三米左右的土层下，它将根系延展到数百米开外，与周围的树根紧紧相连，以稳定住巨大的身躯。干旱时代几十年没有降水，它们的根系可以相互补给水分；电闪雷击，天火无情，即使树干被火焰烧灼甚至劈开，它的树皮也会渐渐愈合，继续生长。时间在红杉身上变得缓慢，甚至凝固起来。如果你有机会站在它身边，你的心中会充满敬畏和感动，一边感慨人生之短暂，一边又欣喜于与它同为自然的一部分，仿佛它替代我们去见证了生命之不息。它是如此令人震撼，即使走出好远，人们也会情不自禁回首仰望，向它致意。

那时候，我的心中有个模糊的梦想，要去探索一个更大的世界。

拉夫·劳伦（Ralph Lauren）说，服装与身体的关系也像车子与人的关系，应该给予自由而不是束缚。

这天，奥尔布赖特身着灰色套装，佩戴珊瑚胸针和耳环。

我就从她的胸针开始了对她的采访……

STILL IN LOVE

自信是一种魅力，它让自己和周围的人感到自在。

BOAO FORU
BOAO FORUM
ASIA
NUAL CO
E 201
博鳌亚洲

我们偶然发现，并不只有风笛才能表现音乐才能，如果你是音乐家，连马桶也能奏出音乐！

Building Shared Prospe
in an Unequal Worl
#endpoverty

如果处在主持人的位置上，那么你的沟通对象就不只是接受采访的人……

20 分钟。

当克里的新闻助理做出“Cut”的手势，

我准备的 10 个问题全部得到了直接回答，

没有一个问题是无效的。

03 语言的边界 世界的边界

语言的交流并不神秘，除了一些技巧，

更重要的是一颗好奇心、同理心。

把世界问了，让自己回答

马云说，他当学生那会儿，常到西湖边找老外练口语。这让我想起 20 世纪 80 年代后期自己上大学时，周末去紫竹院公园的“英语角”的情形。

在一个长满松树的小山上，每个周日上午，聚集着少则三四十，多则上百的人。以大学生和研究所学者为主，也兼有老外和华侨。还有些穿着时髦的人，只缠着女孩聊，炫耀自己的蛤蟆镜、录音机，把这儿当相亲地点了，也顺便兜售点黑市外汇什么的。老外是这里的稀罕物种，大家想把英语说得标准点，自然是先围上他们。你从哪儿来呀，结婚了没有，挣多少钱，真没有不敢问的。

面对这简单直接的好奇心，老外也只有招架着。现在想想，他们来这儿到底图什么呀，义务陪人练英语吗？大概是因为当时老外在中国出行受到的限制比较多，在这种场合才能交往一些普通的中国人，了解他们真实的想法。

在这个没有风景的小小角落，无论刮风下雨，数九寒天，总有一群人有时举着伞，有时跺着脚，有时吃着风沙，说着带各种口音、有时只有自己听得懂的英语，执着地练习着。因为这些人心中有个模糊的梦想，要去探索一个更大的世界，而英语是通向这个世界的钥匙。

真应该问问马云，在找陌生的老外说英语时，锻炼的是不是只有语言，抑或也包括一种勇气？为什么更多的中国人在国际社交场合总是安静地躲在角落，或与其他中国人围成一个小圈，说着中文？我们在纠结什么？单是害羞，还是不知说什么，怎么说？

虽有苏秦的雄辩之才，诸葛亮的舌战群儒，中国的主流文化里对能说会道这事儿带有轻视：“君子敏于行，讷于言”“巧言令色，鲜矣仁”；还带恐吓：“祸从口出”；或警告：“防民之口，甚于防川”……学校教育并不看重或培养学生的口头表达能力，也不鼓励提问，以至于在很多学校，课堂按是否安静来论优劣。

抛开性格内向外向之别，自我意识太强的人往往过于在意别人的评价。相对封闭的环境更强化了这种自我意识，或者说不安全感。在很长时间里，人们不得不在意周围人的评价，因为这些评价直接影响着分房、涨工资、评职称，甚至下一次“运动”中会不会受批判。这种谨慎和防范，已成为我们父母这代人的集体记忆。所以我们报考大学时，父母大多希望孩子“学好数理化，走遍天下都不怕”。这样，一来可以学点傍身的真本事，二来可以避开人文学科容易触碰政治的危险。还有一点，就是经历了“文革”的动乱，他们对信口雌黄、翻云覆雨的人不信任，所以总是念念不忘地提醒儿女“少说为好”。于是我们的语言环境是怎样的呢？听得最多的是陈词滥调的“报告”，而不是真情实感的演讲；是居高临下的教训，而不是平等的交流分享。

这种文化和时代背景，老外一开始不太懂。在他们看来，有独立思考能力，敢于直抒己见正是教育的目的所在。在国外，不仅学校鼓励学生表达个人观点，重视陈述和辩论，有文化的家庭还鼓励孩子在餐桌上就时事和哲学命题辩论。肯尼迪家族就是如此。据说在他们家里，能否清晰地表达观点、有逻辑有文采地辩论，是博取父母宠爱的关键。即使出身普通家庭的孩子，能否在社交上成为受欢迎的人，也是他们很在意的事。有没有异性约会，班上选举能得几票，课堂讨论中是否发表了聪明的意见，能不能代表同学毕业致辞，毕业舞会的舞伴是谁，都决定着校园生活的品质。这种文化背景的不同，让改革初期到中国执教的外国老师也很不适应。

记得我在北京外国语大学读书时，一次一位外聘美国教授问满满一个大教室的同学有什么问题，竟无一人举手。他激动地掏出一美元的钞票，声称："怎么会没有问题呢？只能有两种情况——我讲得太无聊，或你们根本没有听！谁提问我给他一美元！"

这让我深受震撼，也感到被羞辱，愤而举手……还好他没叫我，因为我头脑中其实一片空白。

虽然每个人的表达天赋不同，但语言能力是可以被训练的。看过奥黛丽·赫本主演的电影《窈窕淑女》吗？那位把她从贫民窟带出来的语言学家，坚信只要有标准的口音，外加举止的训练和时尚的衣着，这位出身贫寒的女孩就可以融入英国上流社会。有一个场景是语言学家反复教女孩念以下的绕口令："The rain in Spain stays mainly in the plain."这句话练习的元音只有一个【ei】，但这却是一个足以反映一个人身份和家教的元音。女孩练到筋疲力尽，昏昏欲睡，在语言学家的一再激励和训斥下，最后终于掌握了标准的发音。接下来，就可以穿戴整齐，去 Royal Ascot（皇家赛马会）试试运气了！

在需要英语的社交场合，很多中国人感到胆怯，怕发音不好、语法出错，人家笑话。再说学校里教的那些英语句子好像也用不上，说完“How are you ?”“I’m fine, thank you.”然后呢？总不能说“What is this ?”“This is a table.”吧！

1994 年我到美国读书时，先在纽约大学继续教育学院参加了三个月的纪录片电影工作。中午同学们喜欢三三两两地坐在教学楼旁边联合广场（Union Square）的阶梯上吃饭。一天我看见三四个同学正谈得热乎，不禁凑上前去：“May I join you ?”（我能加入吗？）“Yes, of course !”（当然。）他们朝我一笑，挪出个位子，又继续热烈地讨论起来。

我就先听着呗，想着什么时候合适插话。你猜怎么着，整整四五十分钟，就听他们在那儿喷，我竟然一句话也没插上！因为他们谈的那些纪录片电影和导演的名字，我一个也没听说过！学了四年英语专业，做了四年央视主持人，愣不知道说什么。嗐，别提多有挫败感了，只好臊眉耷眼地低头吃着比萨，还问人家需不需要续饮料。我想人家心里可能也在琢磨：这个中国同学怎么这么爱吃啊？

比语言能力本身更重要的是谈话的内容。这其实也不神秘，无非是事先做好功课和一颗好奇心、同理心。

CNN 的退休主持人拉里·金（Larry King）曾写过一本回忆录，名为《如何随时、随地、随意交流》（*How to Talk to Anyone,*

Anytime, Anywhere)。在他做电台主持人时，为了练习采访的功夫，就坐在超市门口，不管进来什么人，只要人家愿意，就拉过来采访，练就了一身观察和提问的好本事。他在 46 年的职业生涯中采访过近四万人次!

他常常从老百姓的角度问常识性问题。比如有一次他问一位天主教大主教“你有几个孩子？”，对方惊愕不已，他却哈哈大笑，说是开个玩笑而已。如果我有机会采访他，倒是很想问问他:“你离了七次婚，是什么让你决定结第八次婚？”话说回来，拉里·金的沟通理论说明了一种可能性，那就是：只要愿意，你可以跟任何人交谈。

我是采访的“功课主义者”，信任但不敢完全依靠自己的直觉与经验。无论是专业角度还是日常交往，要想让谈话深入下去，还是要从了解谈话环境和谈话对象开始。不然就很有可能像我当年那样，只能低头做吃货了。

认识TA，并不难

交流从认识开始，或是通过自我介绍，或是托人介绍。在随性的场合，落落大方的自我介绍可以传达出结交的善意。现代的社交场合男女更加平等，社交规则也在改变，不仅男士可以主动介绍自己，女士也可以这样做。

通常，你对某人有兴趣，如果他落单了，正在左顾右盼，似乎也在寻找交谈对象，你就可以漫不经心地走过去，（如果你风风火火地直奔过去，会把人家吓一跳，也显得咱不够优雅，对吗？）好像自言自语似的点评一下周围环境，比如“今天的气氛真不错啊”或“看来主办方真是用心了”。如果对方接了下茬，应和两句，那就是自我介绍的良机了：“嗨，我是×××，是主办方的合作伙伴……”把自己与主人的关系也一并介绍了。

如果对方没有注意到你，但你仍愿意认识他，就可以说“打扰您，我能自我介绍一下吗？”或“你不介意的话，我们好像还没相互认识”。如果他还不理怎么办？那他就是个没礼貌的家伙，你可以离开，甚至到主人那儿投诉他！

如果你有意认识某人，对方地位较高，你又不想冒昧上前，那就要找合适的中间人从中介绍。最合适做介绍人的是社交活动的主人，或是对方器重信赖的人，有时辗转两三个人也是常事。不是有种说法，如果选择得当，只需通过六层关系，你就能找到世界上任何一个人吗？

向陌生人介绍自己需要一点勇气。日本前首相村山富市曾告诉我，他初入政坛时一无后台，二无经验，不知该怎样向选民介绍自己的主张。情急之下，他就在胸前、背后各挂一块板子，上面写上自己的竞选纲领，沿街宣传。见观众还不够多，就干脆跑进澡堂子里，与选民“赤诚相见”，大声介绍政治理念，感动了不少人。一位老爷子一直听他讲完，然后说：“小伙子，讲得不错，要不要到旁边的女澡堂也讲讲？”直羞得村山落荒而逃。他在战后50周年纪念日时，不顾日本右翼势力的反对，以不惜辞职的决心，发表“村山谈话”，明确对日本“殖民主义和侵略”进行“反省与道歉”，并作为首相向新加坡死难者纪念碑和中国卢沟桥献花圈，成立为慰安妇进行赔偿的“亚洲妇女和平基金会”，由此可见道义与良知的勇气了。

向自己亲近的人介绍未来的家庭成员，也不见得轻松。切尔西·克林顿就在采访中告诉我，当年把自己的男朋友介绍给外婆（希拉里的母亲）时，两人都非常紧张，甚至比向父母介绍对方还紧张！因为老太太对切尔西影响至深，“我的外婆是位很有主见的人，我妈妈都要听她的，我从小跟她亲近，超爱她。如果她不同意这门亲事，我想可能就只能跟他分手了！真不开玩笑，那是我一生中最重要的见面。”在这次见面中，切尔西告诉外婆，自己的男友不仅年轻有为，富有同情心，而且来自一个有10个兄弟姐妹的大家庭，这与她这个“独生子女”完全不同。老太太听到这些非常高兴，这下宝贝外孙女可不会孤单了！她几乎马上就接受了切尔西的男友，这才让两个年轻人松了一口气。准备要见岳父母的年轻人，管理长辈的预期，很重要哦！

在社交场合，了解正确的称呼十分重要。

现代人的感情婚姻方式更加多元：恋爱同居的、已婚的、同性之间的。所以近些年在介绍人物关系时，除了用“丈夫”“妻子”“女朋友”“男朋友”之类的词，会经常听到“Partner”这个词。Partner，泛指伴侣。有一些国际会议组织者会在邀请函上写“Partner invited”，而不用“Spouse（配偶）invited”，就是把各种生活状态中的男女都包括了。有人初次听到这样的身份还以为是指商业合作伙伴呢。

在正式场合，有关称呼和礼节，最好事先问一下，省得尴尬。如果你见了国王、皇后，要称呼“Your Majesty ”（陛下），而不能直呼为“Queen”或者“King”，而且目光要略向下看，不能直视对方，甚至要行屈膝礼。如果对方是直系皇室成员，你应称呼他们为“Your Royal Highness”（殿下），非直系皇室成员或已离婚但仍有贵族头衔的，要称“Your Highness”。英国有授爵的传统，有些人很在意这一荣誉，你就需要照顾到。比如我采访的英国前外相杰弗里·豪（Jeffrey Howe）拥有勋爵头衔，在采访前他就特别提醒我要称呼他为“Lord Howe”。而有些人却不在意，比如拥有爵士头衔的维珍集团创始人，被称为嬉皮士企业家的理查德·布兰森，理应被称为“Sir Richard”，但我采访他时，他对这一称呼感到别扭，坚持要我直呼其名“Richard”，不然就把他叫老了。另外，美国人崇拜欧洲文化，想必是因为他们也曾被视为土豪吧。所以有欧洲血统的人在美国做生意，很在意保留贵族痕迹，比如以印花裹裙（Wrap Dress）著称的服装设计师黛安·冯芙丝汀宝（Diane von Furstenberg，DVF），这名字中间的 von 是德奥裔贵族的表示，即使她早已与那位德国皇室后裔离婚，也始终留着这一间缀。

法国人的贵族标志是名字当中有 de，比如法国前总理德维尔潘的全名是多米尼克·德维尔潘（Dominique de Villepin）。遇到这样的人，即使你只称呼他的姓，也不要落下中间的这个 de。

如果面对政府内阁部长以上的官员，第一次称呼应该用“Your Excellency”（阁下）。不知你是不是跟我一样，在记人名方面不太在行，有时只知道对方的职务，而忘记了对方姓什么，直呼其名吧，又没那么熟。那么不妨称其职务，比如“Mr. President”“Mr. Chairman”“Mr. Ambassador”甚至用“Madam”“Sir”也是可以蒙混过关的。这样的技巧常常需要，比如我认识的波兰驻华大使霍米茨基（Chomicki）先生，第一次见面真是记不住他的姓，偏偏又坐在他旁边用餐，只好一直用“大使先生”相称，他一定认为我很有礼貌吧（吐舌）。最后他不得不说：“请叫我塔德乌什（Tadeusz）吧。”

作为主持人，我经常需要介绍与会嘉宾。最怕主办方临时递上一张中文写的嘉宾名单，需要我现场翻译成英文。特别是日本人的名字，主办方常常认为日本人名的中文发音很容易，英文也差不多。殊不知，山本耀司的日文发音是 Yohji Yamamoto，而不是“shan－ben－yao－si”好吗！也有给主持词配上英文的，一开头就把“尊敬的各位领导”翻译成“Respected leaders”，对不起，你的领导不是全场所有人的领导，政府官员不一定都是“领导人”！因此在英文里，翻成“Distinguished guests”更合适。

交谈：从套近乎开始

2013年底，我在伦敦采访英国首相卡梅伦。采访地点就选在Victoria & Albert Museum（维多利亚与艾尔伯特博物馆），当时那里正在展出中国明清画展。我向首相助理提议，在采访前能否请首相在画作前驻足欣赏一下，一来暖暖场，二来也便于拍摄花絮镜头（B rolls）。他的助手一会儿说可以，一会儿又说首相时间有限，不行。

当我和摄制组把机位、灯光都调整到可以坐下来采访时，卡梅伦进来了。他客气地跟我握握手，谢谢我们专程前来，接着就指着展品说："能请你帮我介绍一下这些画吗？"……我给导演使了个眼色，摄影师和灯光师立刻机上肩，灯上手，找好角度（跟专业的人干活儿就是爽）。我事先也没机会细看这些古画，只好根据自己有限的画理知识，猛一通解说，什么横式竖式啊，笔墨浓淡啊，气韵生动啊，天人合一啊……不知对不对，反正首相不住点头，还加一句"我一直觉得中国人用一支软笔能表现这么丰富的质感，真了不起"！行了，这番交谈后，我对他的采访从对中国文化的兴趣开始，到两国外交经贸，再到他的执政理念与挑战，一气呵成，气韵生动啦！

天气，天气

有时，破冰完全可以"现挂"，就是在现场找话题。

正如中国人见面就问候"吃了吗"，西方人见面最常见的话题是谈天气。特别是相对比较含蓄矜持的英国人，预测本身就多变的天气，不管阴晴雪雨都可以抱怨一番，实在是一个丰富而安全的话题。有一项调查甚至发现，英国人平均一生中有六个月在讨论将要下雨还是出太阳！

如果老外来到中国，见面寒暄可以从两地天气差异谈起，比如"现在纽约比北京的气温冷吗？”“听说最近你们那边在下雪？”“都说全球变暖，我们这儿怎么变冷了？”都可以让对方有话可说，关系也就随之热络起来了。

北京近些年雾霾严重，于是讨论雾霾也成为常见的话由：“今天早上一开窗帘，我还以为我瞎了呢，什么也看不见！”“你真会挑日子，赶上APEC会议期间来北京。有一种天空叫APEC蓝，听说过吗？”“今天你到了，北京的PM2.5这么低，是你跟上帝预定的吗？”

交通也是安全话题。抱怨一下大城市的拥堵，一般都会获得共鸣：“你大概听说过北京的堵车，但百闻不如一见！”“为了留出堵车的时间，我老早就出门了，可还是迟到了，真抱歉！”“如果你想锻炼自己的耐心，就到这儿来经历一下堵车吧。”

随着国际差旅成为越来越多商务人士的常态，谈谈倒时差的秘诀也不错。“现在应该是你们那儿凌晨3点吧？你这么清醒真让我佩服。”对方回答：“那你不妨给我一个枕头试试！哈哈！”“你有什么倒时差妙方？”“我靠运动，半夜三更到酒店健身房跑步，你别说，就我一个人，还挺吓人的。”“我试过好几种安眠药，可以简单分成：睡着后第二天脑袋发沉的，睡着后第二天脑袋不沉的，还有根本睡不着的！”

还有一些安全话题可以用来暖场，比如减肥、运动、最爱的手机应用软件。

“现在的新时尚是跑马拉松。比赛报名都报不上！”“你在做平板支撑吗？一开始我只能做一分钟，现在好不容易能坚持到五分钟了，但那天在新闻里居然看到一个人做了四个小时！不是外星人吧！”“都说生命在于运动，我觉得生命在于静止，放慢节奏才能让身体放松。”“我可不能饿着自己，不吃饱怎么有力气减肥呢？”“我发誓，这顿饭之后我就减肥。”……总之，运动、减肥是最容易自嘲的话题，可以营造轻松幽默的气氛，还给人留下好印象！至于手机应用软件，如果遇上钢琴家孔祥东，那你就算选对话题了。自从我加了他的微信，他平均以每天 15 条朋友圈消息的频率点评各种应用软件，霸占我的朋友圈！如果你触发了他的这根神经，那你在接下去的半小时基本不用开口了！

不要吝啬你的赞美

我曾采访过美国时尚杂志 *Cosmopolitan* 的老主编海伦·布朗（Helen Brown）。老太太那年已经 80 多岁，每天依然穿戴得整整齐齐，发型一丝不苟，还涂着鲜艳的口红。20 世纪五六十年代她是女性杂志的风向标，针对当时保守的女性教育，曾发出“好女孩上天堂，坏女孩走四方”的惊人之语。她把这句话绣在沙发靠垫上，大大方方摆在显眼处。更能体现她处世风格的，是她走在街上时，会挑选一位风度翩翩的青年或女生，拦住他/她，对人家说："小伙子/姑娘，我不认识你，也许以后也不会再见到你，但我必须告诉你的是——你今天看上去太帅了！"趁对方发愣的时候，老太太扬长而去。我想，无论是被赞美的年轻人，还是耄耋之年的老人家，这一天都会感到很愉快。

对方如果是女士，请不要吝啬你的赞美。

"我忍不住要告诉你，我太喜欢你的围巾了，是印度的手工作品吧？""你是今天现场打扮最漂亮的一位，让我不禁想过来打个招呼。"只要你不是油头滑脑那种，我想对方一定会乐意跟你交谈几句。中国文化对当面赞美有所不屑，其实真诚适度的赞美是最好的社交润滑剂，跟拍马屁是两回事。总比人人板着脸，相互提防，冷漠无视好得多吧！

赞美不仅让人们心情好，还可以消除初识的隔膜，甚至带来谈话的深入。2001年我在美国华盛顿采访前国务卿奥尔布赖特前，就了解到她对胸针的喜好。一枚得体的胸针，往往非常醒目，不仅点缀色彩，让沉稳的套装多点灵动，也能体现主人的心情和品位。在奥尔布赖特身上佩戴的胸针还带有国家意识。比如她在出席国际谈判时常常佩戴美国国徽白头鹰的胸针，相当强势；她与金正日会谈时戴着星条旗的胸针；在与前伊拉克外长阿齐兹见面时戴着蛇形胸针（因为伊拉克媒体曾形容她像蛇一样狡猾）；参加中东和谈时又换上和平鸽的胸针。接受我采访那天，她身着灰色套装，佩戴珊瑚胸针和耳环。这自然成为暖场的话题。她说:“今天早上我起来，在诸多胸针中挑了这一个，跟我的衣服很搭，不是吗？”

我觉得在政界，女性的优势在于，哪怕通宵熬夜，也可以通过换身衣服，画个妆，涂上口红，而显得精神百倍！服饰是现代职场女性的盔甲——我在给自己买衣服时总找这个理由！

关于赞美，我听过这样一个有趣的故事：在一次宴会上，一位男士与一位女士对坐，出于礼貌说了一声:“您真漂亮！”那位女士却不领情，高傲地说:“可惜我无法用同样的语言来赞美您！”男士委婉平和地说:“那没关系，您可以像我一样，说一句谎话就行了。”

无嗜好不可交

有一种说法，无嗜好的人不可交。理由是一个人如果对什么都不投入感情，很难跟他成为朋友，而且通常这种人比较乏味。从一个人的嗜好去观察他的秉性，会让你对他有更深层的了解，也更容易让你们的交往深入。

2008年，我在西班牙巴塞罗那采访国际奥委会终身名誉主席萨马兰奇。这位一生致力于推广奥林匹克运动的老人，一直保持收藏山核桃的爱好。那是巴塞罗那的特产，如果拿一枚核桃握拳的话，正好可以握于手心。他将此视为幸运之物，每天都放在口袋里。核桃表面因为长期抚摸把玩而光洁滑润。后来他请人做过各种质地的核桃，大理石的、木头的、银制的……这些核桃陪伴他走遍世界。

动物学家珍妮·古道尔已经年逾 80，她 20 多岁就深入非洲丛林研究黑猩猩，1960 年她第一个发现黑猩猩可以制造简单工具：它把宽大的草叶修剪成草棍，伸入白蚁洞，引出白蚁作零食。她后来成立“根与芽”环境教育组织，倡导青少年了解自然，爱护环境，还成为联合国环境大使，强调保护生物多样性的重要性。近几年她无论走到哪里，都带着一个布猴子 Mr.H。其实，它是一位盲人魔术师送给她的礼物，代表着希望。迄今为止，珍妮已带着它到过 60 个国家，被 250 万人抚摸过。因为抚摸拥抱的人太多，小猴子被磨坏了很多次。“我要代表动物发出声音，它们也有在地球上生存的权利。”说着，她就模仿坦桑尼亚黑猩猩的叫声“呜，呜，呜呜呜……”来表达问候。

服装设计师拉夫·劳伦（Ralph Lauren）被认为是代表“美国精神”的设计师，曾经因为替老版的电影《伟大的盖茨比》设计服装而名噪一时。他出身于移民家庭，父亲刷油漆为生。十几岁的他从学徒开始了自己的设计生涯，第一件原创设计是加宽的领带。因为没钱，只能在第五大道的服装店里租几个抽屉起家。后来他受到西部牛仔穿着的启发，设计出体现自由自然风格的休闲品牌 Polo，几十年苦心经营，使之成为世界上售出件数最多的服装品牌。他的收藏爱好是跑车，并会不时从中得到设计灵感。他说：“跑车的线条简洁明快，如音乐般美妙，最新的材质有未来感和科技含量，所以银灰色成为我的高级服装中常常会出现的颜色。而服装与身体的关系也像车子与人的关系，应该给予自由，而不是束缚。”

采访他那天，老头一高兴就亲自开车拉着我去看他的收藏。一拉开车库大门，我不禁惊呼起来，上百辆限量版或定制的炫酷跑车！仿佛来到了蝙蝠侠或詹姆斯·邦德的秘密车库。如果你见到他，聊聊赛车，一定能让他心花怒放！

拿什么拯救你的“监介”（尴尬）

曾有一位知名的台湾歌手，在自己的新歌里把“尴尬”唱成了监介，歌迷们对照歌词才发现是“尴尬”。这样的事发生的时候，无论是歌手还是观众，都会很尴尬。

但人生就是这样，难免都会遇到尴尬的事情、尴尬的时候。

2010年世博会期间，我主持了一个有关“城市让生活更美好”的论坛。演讲嘉宾是时任新加坡内阁资政李光耀先生。在分享了新加坡作为城市共和国是如何追求可持续发展的经验后，李资政谈起了法治的重要性。他说：“法治是城市和国家可持续发展的根基。要让遵纪守法的人有安全感，包括对私有财产的保护。说实话，一些中国人对这一点还不放心，所以会把一部分财产转到海外，包括新加坡。”他说的有理，但口气有些说教，让现场气氛有点尴尬。为了缓和气氛，我略带挑战地追问了一句：“那么，请问李资政，您是希望这种现状保持下去，让这些外流的资产给新加坡经济注入活力，还是更希望中国加强法治，保障公民合法取得的财产，让它们尽可能留在国内呢？”80多岁的老人反应真够快，他坐在椅子上的身体向前靠了靠，按住扶手，眼中闪过一丝狡黠的光，反问我道：“你猜呢？”全场爆发出会意的笑声，一点似有若无的尴尬化于无形。

人际交往，难免有尴尬的时候。

认错人就是其中一种。有一次跟老公一起出国，取行李的时候遇到他的一位熟人。我感觉好像见过他几面，但没有深交。印象中，前两天老公说起过他的太太得了癌症，正要接受手术。于是我顾不得旅途疲惫，上前就握住他的手说：“我希望你夫人早日康复！”那人有点迷茫，大概也是刚刚经历了长途飞行的缘故吧。他又跟吴征攀谈了几句，就拉着自己的行李离开了。他一走，吴征就捅捅我说：“你刚才跟人家说什么了？”我重复了一遍，他大笑道：“这不是我说的那个人！

人家恐怕这会儿正纳闷呢——我太太最近病了吗？我怎么不知道？”我揉揉惺忪的眼睛辩解道：“如果这样，他一回家就对太太嘘寒问暖，那也不错啊！”虽然嘴硬，但我深知自己在这方面犯迷糊可不止一次了，以后再拿不准的时候就不敢多言了。我最怕别人一上来就对我说：“杨澜，又见面啦！记得我是谁吗？”我只有老老实实交代：“看着眼熟，可一时跟名字对不上，真是抱歉！我这方面能力低下，您别嘲笑我，赶紧告诉我得了。”

在主持人这一行做了 25 年，常常会遇到人家对我说：“我是看你的节目长大的。”二三十岁的人这样说也就罢了，可四五十岁的人也这么说，我就只好说：“您终于长大了，我很高兴！”我真的不介意，因为人家没把我的名字搞错已经很了不起了！

有的名人比我难当，比如姚明，无论走到哪儿，不管遇到谁，他一定会听到：“哟，你怎么这么高呀？！”真的，几乎都是这同一句话。这句话，他从小听到大，经年累月，烦都烦死了，就不能说点新鲜的？而他只有憨憨地一笑。我们一起在吉隆坡申办冬奥会时，从国际奥委会委员到竞争对手阿拉木图的姑娘小伙，都争着跟他照相，然后不约而同地对他说：“Wow, You are really tall !”他有时会苦笑地对在一旁“救驾”的团友说：“我才不愿意长这么高呢，到哪儿都不方便。”

如果你遇到自己心中的偶像，而你正要说的那些话可能是让人家耳朵已经磨出老茧的，就大可准备说点不同的。一般情况下别人都会说："我是你的粉丝。"你就不妨说点具体的，以展示你是真的铁杆粉丝："你上次在×××的比赛，太牛了！"相信一定会比那些泛泛之词更能引起偶像注意。

社交场合最能显示出绅士风度的，不是不把刀叉掉在地上，而是当别人掉了刀叉时，你假装没看见！可这也有难处。比如在酒会上，你看到一位不太熟的人裤子拉链没有拉上，还浑然不知，告诉还是不告诉他？这真是一个难题。

你有没有经历过在安静的场所自己却忍不住要咳嗽？有一次，我在奥地利国家歌剧院观看多明戈主演的瓦格纳的歌剧《女武神》。那出歌剧前后有五个小时，净是大段的咏叹调，一唱就是20分钟。可那个时候我偏偏得了咽喉炎，总是想咳嗽。而且那天我坐在中间的座位，向左向右都很难出去。我使出浑身解数想要忍住，可是越想忍住，就越想咳嗽，连身边的人都替我难受，后来憋得实在受不了，狂咳几声，他们也仿佛如释重负！这段尴尬的经历除了让我日后感冒咳嗽就不出席公众活动之外，也对瓦格纳歌剧的长度刻骨铭心！

要避免尴尬，事先准备工作一定要做好，不要一厢情愿。比如中国人吃饭相对不太忌口，但如果你请外国朋友吃饭，一定要事先问问他们有什么忌口。如今人们的口味分类很细：有不吃红肉的，有不吃内脏的，有不吃海鲜的，有不吃甜食的，有不碰酒精类作料的，有对淀粉过敏的，有对花生和干果过敏的，有素食可以吃鸡蛋的，有素食不吃鸡蛋的，还有只吃水果的……不问不知道，一问吓一跳。我就见过主人连续端上三四道菜，客人都摆手不吃的。当时宾主双方都尴尬极了，只好再上一次面包垫垫肚子。

比食物不合口味更尴尬的，是氛围上的压力。2015 年 6 月，北京和阿拉木图代表团在洛桑向国际奥委会就申办冬奥会进行技术陈述期间，国际奥委会主席巴赫宴请双方代表团主要成员和奥委会委员。中国副总理刘延东和哈萨克斯坦总理马西莫夫分别坐在巴赫左右。很多人向他们那边张望，想看看两个竞争国家对彼此的态度如何，巴赫主席有没有倾向性。大概意识到了这一点，在致欢迎词时，巴赫先向两国领导人致意，然后说："我坐在你们中间，感到很有压力，生怕你们打起来。可是今天一看，原来你们两国是友好的邻邦，彼此很熟悉，我这颗心就可以放下了，更要感谢你们都这样热诚地支持奥林匹克运动！"他的一番话，让现场气氛顿时轻松热络起来。

总有一些突发状况是难以预料的。2010 年我去华盛顿参加《财富》杂志举办的"最具影响力女性"论坛，主旨演讲嘉宾是奥巴马总统。他从自己的母亲讲到外祖母对他的影响，正讲到兴头上，挂在木质讲台上的美国国徽突然掉了下来，观众开始交头接耳。奥巴马低下头去，看了看掉下去的国徽，抬起头来诚恳地说："我向你们保证，这不是我干的。"全场大笑。

自嘲，是化解窘境的最好武器。把姿态放低，那些想让你尴尬的人还能怎样？希拉里在第二次竞选总统时，总有人拿她的"邮件门"说事，指责她担任国务卿期间用私人邮件处理政府公务，有泄密嫌疑。于是，在一次造势活动中，她带着略微夸张的神情说："哦，听说了吗，我最近又多了个手机 Snapchat 账户，居然还弄丢了其中的文件！"把对手的指责极致化，产生荒诞的效果，是希拉里政治手段更加成熟的表现。

有时，把姿态放低，还能帮同伴解除尴尬。有一次，我和一位知名的外科医生一起主持一个国际医学论坛。可能因为紧张的缘故，他一上场就把台词说错了，观众席上传来哄笑声，这让他更紧张了，脸涨得通红，豆大的汗珠滚落下来。我拉了拉他的衣袖，示意他我要插个话，然后就对观众说："大家知道吗，能与这么成功的医生同台主持我感到特别荣幸。要知道，今天交给他一支麦克风，他可以上主持台；但如果有人给我一把手术刀，我打死也不敢上手术台啊！"台下的观众报以热烈的掌声，我的搭档这时也稳定了情绪，同时给我一个感谢的眼神。

跟女王开个玩笑

2012年8月，伦敦奥运会期间，英国安德鲁王子在温莎城堡召开中英企业家联谊会，我担任主持。中国昆曲艺术家张军、古琴大师李祥霆尽展中国古典艺术之美，而英国方面则派出海军苏格兰乐队进行表演。

宴席间宾客们温文尔雅，略显拘谨。在几首苏格兰风笛名曲之后，安德鲁王子突然起身，要求我帮他翻译如下的话："你们知道，在军队里我们也得找找乐子。我们偶然发现，并不只有风笛才能表现音乐才能，如果你是音乐家，连马桶也能奏出音乐！"

就在全场一片愕然之时，真有两位海军士兵抱着陶瓷马桶出场，马桶后端已经打穿了一个洞，连接着橡胶管。只见士兵鼓起腮帮，使足力气，天哪，居然真能吹出简单的旋律！全场人顿时笑喷。

英式幽默有时带点恶作剧的味道，比如在最高雅的场合开点粗俗的玩笑，这时如何掌握好分寸绝对是一项考验。

摇滚巨星艾尔顿·约翰（Elton John）每年都在家里举办一场慈善晚会，有一年的主题是拯救亚洲野生大象。花园里的树丛被修剪成大象的形状，主人亲自在大门口迎接，来自印度的乐师和舞者把客人引入一个巨大的帐篷，那里树影婆娑、蔓条缠绕，布置得犹如热带雨林。数百位宾客通过视频短片了解野生象岌岌可危的现状，并在艾尔顿·约翰的倡议下开始义拍。义拍的内容可谓丰富多彩，有古董花瓶、名牌珠宝，也有古堡周末、戴安娜王妃的礼服设计师为全家定制服装等“软性”项目。万万没想到的是，拍卖的高潮居然是整整一车大象粪便！看着拍卖师一本正经地宣读它的成分以及对花园土壤的滋养作用，笑翻全场。大家热烈举牌竞拍，最后竟达到数万英镑！

就是女王在现场，也是可以开玩笑的。2012年英国庆祝伊丽莎白二世女王登基60周年（Diamond Jubilee，钻石千禧年），全英组织了许多庆祝活动，其中就包括在白金汉宫前举办的音乐会。现场主持人很有噱头地说：“今天演出场地附近的主要道路实行交通管制，我说怎么还有人这么不自觉，居然大摇大摆地把车开到了马路中央？我说你呢，别假装听不见。再不让开，我就报你的车号啦……车号是……×××××（女王的车号）！”过了一会儿，他又调侃英国经济不够好，劝人们一定要从长计议，安排好自己的财务，不然就有可能像女王一样“永不退休”了！（“I warn you, if you don't plan for your retirement, you'll end up like the Queen!”）这就是英国式幽默。

美国人的幽默更直白一些。纽约市长科赫（Ed Koch）在竞选中就说过这样的话：“如果你在 12 个议题中同意我的 9 个观点，请投票给我；如果 12 个议题中你同意我的全部观点，请直接去找心理医生！”（If you agree with me on 9 out of 12 issues, vote for me. If you agree with me on 12 out of 12 issues, see a psychiatrist.）

2015 年 4 月，我在纽约华尔道夫酒店主持哥伦比亚大学国际与公共事务学院的年度“全球领导力”大奖颁奖晚宴。获奖人包括洛杉矶市长埃里克·加希提（Eric Garcetti）和里约热内卢市长爱德华多·帕埃斯（Eduardo Paes）等四人。此次年度大奖的主题是“城市的未来”，我与获奖者们进行对谈，20 分钟的对话既要有“干货”，又要适合晚宴的气氛，主题又如此宽泛，还真是一种考验。

我开场就跟全场嘉宾交底：“接下来这 20 分钟，我可以给台上嘉宾一人 5 分钟，对于口才超好的他们，这实在不够用；或者把全部时间用来提问，即使这样也只够问一半的问题！院长，谢谢你给我这份好差事！”全场的人咯咯地笑起来。“先请问各位市长，今天要做市长需要具备哪些条件？我是说，比如颜值爆棚、身材性感什么的……”观众一看台上，几位市长还真是一表人才，纷纷大笑起来，几位市长互相看看，也不好意思地笑起来。要当市长，当然首先要有服务的热情、管理的智慧、领导的能力，但在选举文化中，个人形象往往更被媒体强调，有时公众对于发型的关注甚至超过对政策的探讨。我点出这一问题，几位市长大概感同身受吧！后边的访谈，就在轻松并略带自嘲的语境里顺利展开了。

2015年6月23日，我在华盛顿举行的第六轮中美战略经济对话人文交流高层磋商中主持“中美女性领导者交流对话会”，主题是“女性创业与金融创新”。五位对话嘉宾中有国际金融公司（International Finance Corporation，世界银行分支机构）首席财务总监彼得·卡申（Peter Cashion）先生。在介绍他时我说：“他似乎注定是要在金融领域发展的，因为他的姓很容易念成Cash-in（收钱）。”他很有幽默感地回应了一句：“我更愿意是Cash-out（拿钱走人）。”

当然，玩幽默也要看你跟对方熟悉的程度，以及对方是否经得起调侃。有一次，我们主持人聚会，大家嘲笑一位年轻主持人的发型吹得过于蓬松，就说：“哎，你这个假发套不错嘛！”大家正嘻嘻哈哈，一位前辈走进来，刚才被调侃的年轻主持人没心没肺地就对前辈说：“哟，老师，您这假发套不错嘛！”老师颇为尴尬——因为他戴的真的是假发套好不好！

设置你的第一问

好吧，寒暄已毕，该切入正题了。你的第一个有实质意义的问题很重要。就像开闸放水，第一道坝，就要将水位抬起来。

通过对周围环境的观察，寻找切入口进入主题，是一种自然的方式。2014 年北京 APEC 会议前夕，我在青瓦台采访韩国总统朴槿惠。因为安全原因，我们一进入青瓦台大门，就被要求关掉手机，不可随便照相。这倒让我更加仔细地观看园内的景色。我发现，这里的园林设计，在自然朴素中独具匠心，宽大的建筑四周，低丘起伏，路径曲折，有移步换景之意。树木苍翠，有些一看就是上百年的老树。朴槿惠 9 岁时曾随父母入住青瓦台，后来父母先后遇刺身亡。2012 年她作为韩国第一位女总统再次入住青瓦台，物是人非，一定触景生情吧。所以我的第一个问题是看似随意地问她：“青瓦台什么角落在你眼中最美？”她回答说是一个叫作“绿园”的花园，那里四季皆美，更重要的是，那是从她少女时代起，青瓦台从未被改变的一个角落……

我也常常会从引用对方最近做的事、出的书、做过的演讲切入，一来表示我关注他的新闻，而关注本身会让对方感到受尊重；二来这是他熟悉的内容，会有表达欲。比如采访汤姆·克鲁斯（Tom Cruise）的时候，他正在做电影《侠探杰克》(*Jack Reacher*) 的宣传。我的第一个问题就是：“你为什么觉得观众愿意来看这样一部电影，主人公赤手空拳，既无超能力又无外星人帮忙？”言下之意是动作大片的主角多是以各种“侠”命名的超级英雄，要不就是变形金刚、星球大战之类，你有信心吗？汤姆·克鲁斯应该知道这也是许多观众心中的问题，马上答道：“这的确是数码时代的一个传统英雄，正因为如此他才显得特别、经典。选择一个角色是有风险的，有时成功，有时失败……”我追问道：“如果失败呢，你害怕吗？”“不，我不这么看待自己的工作。大成本电影有它的打法，小成本电影有时风险反而小一点。我只会考虑电影的成本和合理的票房，一定要让投资方把钱赚回来，这样我才有下一单啊！就我个人而言，就是要让观众看到我全力以赴。”

所谓交谈，不只是一问一答。如果你自己的事什么都不说，却一个劲儿地对对方的事刨根问底，到最后对方不是烦了就是怕了。这在小女生的聊天中体现得最明显。一个小女孩常会对另一个说：“我都跟你说了，你还不告诉我啊？！”对她们而言，分享秘密是友谊和信任的黏合剂。而在成人世界里，如果刚认识就分享秘密，大概会被看成有病，但适当透露自己的感受和观点，通常被视作是深入谈话的邀请。当我采访“虎妈”蔡美儿时，一进入正题，我就以一个妈妈的身份“抗议”，因为她的《虎妈战歌》一书给读者造成了一种刻板印象，好像华人母亲都是虎妈似的！蔡美儿睁大眼睛，忙不迭地摇着手，说自己的书显然被过度解读了。于是这次采访就在观点的碰撞中进行下去，把不同文化和教育背景下的家庭教育、亲子关系，以及社会对母亲的评价标准，进行了一番对比。

如果你处在主持人的位置上，那么你的沟通对象就不只是接受采访的人，还包括观众。如何把两者的语境和情感有效连接，至关重要。

2014 年 10 月，我应邀主持世界银行年会开幕论坛。这也是亚裔主持人第一次主持这一广受关注的经济会议，并会进行全球现场网络直播。“消除贫困和共享繁荣”是大会的主题，但当我事先翻看世界银行年度报告时，不禁自问：“天哪，这么学术的内容怎样让网友感兴趣，又让现场的专业人士感到有足够的吸引力呢？”

开场后，我给世行行长金墉和首席经济学家巴苏博士的第一个问题就是：“对生活在贫困之中的人们来说，世界银行很大，也很遥远，请你们结合自己的经历说说，世行提出的双重目标（消除绝对贫困，全球共同繁荣）跟他们到底有什么相干。”金墉就谈到他当年在海地防治艾滋病时，人们普遍认为在发展中国家治疗艾滋病是不可能完成的任务。但他们最终找到了行之有效而且支付得起的方式，可见事在人为。他还展示了一位患者在治愈前后对比的照片，判若两人的强烈对比，引起现场观众一阵唏嘘。而巴苏博士则讲了印度沙漠地区的妇女通过把刺绣作品销往世界各地而改善生活的故事，说明一个数据和市场更加联通的世界，正在让消除赤贫成为可能。

这种开门见山，具有适当挑战性的提问方式，让受访者放下架子，接上地气，像定音鼓一样，为整场谈话定下一个基调。

有时切入正题的第一个话题可以是开放式的，但因为是开放式的，你就要准备好，对方几种不同的回答方式，你都要接得住。如果你是跟一位资深人士交谈，我建议你提前了解他的专业背景，尽量少说外行话，这样谈话才能深入，而对方的谈兴也会更高。

因此有时功课量不小，比如采访索罗斯之前我就特别痛苦。他写了好几本书，从对冲基金到金融市场新准则，从经济“反身性理论”到政治哲学，本本大部头，把我读得昏天黑地。但是因为心里有底，问题就可以是开放式的，不管你怎么答，我都能引到我想谈的话题上。

我抛给索罗斯的第一个问题就是“你怎么评价自己？”他倒也坦白：“我以前认为我是个失败的哲学家，但我现在慢慢觉得，作为哲学家，我还没有完全失败。因为我的思想也对别人产生了影响。”我就顺势问他，既然如此在乎思想上的成就，那么是什么原因让他早年投身金融界，是不是因为那时太想赚钱了？他的“反身性理论”如何让他看到市场漏洞和获利机会？作为极其成功的投机家，击垮数个国家货币，造成无数人失业破产是否会给他带来良心不安？他在 2007 年已看到市场繁荣不可持续，预言经济危机的到来，为什么人们并不相信他的预言？这几个问题的顺序是与他对第一个问题的回答对应的，如果他当时回答“我知道我是一个有争议的人”，那我就可以从最后一个问题倒推着问，一样能完成采访计划。因为读过他的书，了解他事业和思想的脉络，我的心里才有底，话也才能跟得上。这让我觉得采访也是一种智力游戏，有趣得很。采访结束后索罗斯在嘉宾留言簿上写道：“你对我的理论的总结比我自己表述得更清晰。”

在公开竞争中如何表述自己的优势，又尊重和顾及对手的感受，是一门艺术。

北京和阿拉木图共同竞争申办2022年冬奥会。阿拉木图的申办口号是“Keep It Real.”（来真的！），强调真雪，言下之意是暗指北京缺雪，需要人工造雪，又在记者招待会上言指中国：“我们虽然不如有的超级大国那么有钱，但我们有足够的钱办奥运。”申办奥运的最后一个月，是国际奥委会规定的“静默期”，在此期间任何申办城市都不可以在街头造势，或在大众媒体上刊登、发布广告，但阿拉木图时不时就打个擦边球。在最后陈述中，作为北京一方的主持人，担任国际奥委会副主席的于再清在开场时就向阿拉木图致意，表示：“正如体育比赛一样，一位值得尊敬的对手会让你表现得更好。”这样的开场白，展现大国风度，在具体陈述之前，就漂亮地拿下第一个印象分。

有压力，别焦虑

与人交谈有一位隐形的旁观者，那就是时间。时间的长短松紧，直接影响我们交谈的节奏和重心。

在我的采访生涯中，遭遇时间限制，是一种常态。通常，为播出半个小时的电视节目，需要 45 分钟至 1 个小时的采访素材。但实际情况是，一些重要采访，因当事人公务在身，如国家领导人来访，行程密集，各种活动安排常精确到以分钟计，所以能得到 20 分钟进行采访已属不易，这还往往是团队的小伙伴们软磨硬泡、分秒必争的结果。

在时间的压迫下，就需要注意提问的有效性。我与同事们的策划讨论常常围绕以下环节展开：20分钟至多问几个问题？哪个问题最重要？如果对方回答某一问题时间过长，导致时间不够，哪些问题可以舍弃？如何提问才不至于让对方漫无边际地说开去？围绕某一主题，如果他不正面回答，用另一个角度再试一次，还是放弃，直奔下一主题？看起来不同的问题，对方有可能给予的回答是否会出现一致或重复？什么样的问题适用于破冰？什么样的问题即使在超时情况下提出，对方也不得不回答？类似的提问他曾经有过什么回应，我们怎么问才有独特的角度？提问之前对于事实的陈述或总结用词是否准确，来源是否可靠？如果对方回答过于简洁，哪些问题可以备用……

对话是一种交流和碰撞，当我们在审视对方时，对方也在审视我们，那眼神似乎在说："我时间宝贵，你不会浪费这次机会吧？我见的大记者多了，倒要看看你的实力如何？你是否足够自信？我回答时如何压你一头？你有反击的可能吗？某个问题是我今天要阐述的重点，如果我长篇大论，你敢打断我吗？"

所有这些心理对白，都必须在见面头几秒钟的寒暄中完成，你说是不是还挺有趣的？

2015年9月24日下午，我在美国国务院采访国务卿克里。

当天晚上，中国国家主席习近平就将从西雅图飞抵华盛顿，正式开始对美国的国事访问，届时克里需要参加一系列重要活动，而在这之前，他还要去飞机场送别教皇方济各，所以时间卡得死死的，20分钟，多一分钟也不行。采访地点是美国国务院的接待厅，前后四间房间是相通的，灰蓝色的墙上最醒目的，是历任国务卿的油画画像，其中，首任国务卿托马斯·杰弗逊的画像被放在最中心的位置。我曾先后采访过的四位国务卿亨利·基辛格、马德琳·奥尔布赖特、康多莉扎·赖斯、希拉里·克林顿的画像也分列其间，加上约翰·克里，共五位美国国务卿接受过《杨澜访谈录》的专访。

在这些画像前踱步，我看到的不仅是一部美国的外交史，也是一部中美关系的发展史。这让我找到了此次采访克里的历史坐标，那就是中国的发展已经让两国实力对比接近一个临界点，而此时的美国对华战略和心态，具有真正的历史价值，两国间有关网络安全、南海局势、贸易与投资协议的暗中较量，无不体现两国之间，乃至国际治理体制上的力量变化和犬牙交错的利益关系。

克里有着典型的美国精英背景，母亲来自波士顿的显赫家族，父亲是外交官，他从小随父亲周游列国。毕业于耶鲁大学后，他参加过越战并荣获三枚紫心勋章，但后来他却成为最知名的反战人士之一。

担任参议员的 30 年中他一直活跃于外交委员会，2008 年起担任参议院外交委员会主席。所以有人说，他的一生似乎都在为他成为国务卿做准备。

他曾经在 2002 年以民主党总统候选人身份参加竞选，以微弱劣势败给小布什。如此深厚的政治背景与外交经验，让他主张以长远观点看待中美关系，所以战略思考正是他的长项。

在采访一开始，我迅速问了有关习主席访美，两国在网络安全和相互投资协议上可能产生的突破的问题，之后我切入真正的主题："2015 年 4 月，美国外交委员会年度报告中指出，鉴于中国实力日益强大，美国需要调整其对华的大战略，即从过去的支持中国发展，转而在各个领域'平衡'中国的影响力。请问国务卿阁下是否认同这样的调整？"提问的时候，我一直在关注克里的反应，看他的眼神有没有游移，是否表现出犹豫，或斟酌其辞。都没有，他的眼神没有回避，语气中也没有犹豫，几乎立刻回答说："美国不会调整对华大战略，中美两国卷入一场新的冷战对两国和这个世界都将是错误的。中国以其人口和幅员，经济总量超过美国不是可能的事，而是必然的事。我们不会对此感到担心，只要大家都按照公平合理的游戏规则行事……我们之间有分歧，但是更重要的是，两国领导人不要让自己被推入对抗的状态，而要建立机制携手化解这些分歧。如果我们能够做到，整个世界都将是受益者。”

我紧接着问：“在谈到现有国际秩序时，习主席说中国不是要推倒重来，也无意另起炉灶。但鉴于现有国际治理制度确需改革，而中国的实力上升，如何才能体现、吸纳这种变化并管理风险？”

克里显然对这个问题深思熟虑，而他也很小心地不逾界：“这正是习主席与奥巴马总统将要深入讨论的主题。我认为应该建立双边协作体系，从而更好了解并界定我们的权利范围。中国经济总量一定会超过我们，但这不会改变两国关系的根基，我们还是会继续做生意，并在清洁能源、伊朗核协议等方面合作，让世界看到中美有能力领导全球。”

我追问：“那你觉得两国之间的互信程度比起 10 年前是更强了，还是减弱了？”这样选择性的提问比较有力度，对方一有躲闪，就会显露心机。而克里的回答依然直截了当：“我认为更强了。我们还在相向而行，而且，中美关系不是完全建立在信任基础上，而是建立在双方都认识到通过交流合作可以增进互信……”

对这番回应我的解读是：两国都采用务实外交的原则。

Pragmatism，是美国实用主义哲学的传承，也是中国改革开放（“黑猫白猫”和“摸着石头过河”）的写照。它被运用在双边和多边外交中，说明中美两国都没有幻想在意识形态上达成一致，而把重点放在了务实合作上。合则双赢，斗则俱伤，况且合作的空间非常广阔。有了这样的基调，习主席此次访美肯定会有丰硕的成果。

有这三个问答垫底，我的采访已经达到了预设的效果，至于后来还有时间问到克里对于当今世界最大威胁（宗教极端主义和恐怖势力）、伊朗核协议（他的最重要外交成果）以及美国耗资巨大的总统竞选的看法，就算这 20 分钟采访的 Bonus（奖金）部分了。

20 分钟。

当克里的新闻助理做出“Cut”的手势，我准备的 10 个问题全部得到了直接回答，没有一个问题是无效的。我起身，与克里握手，感谢他接受专访。而他却没有立即转身离去，而是好奇地问我：“你的英语在哪里学的？”

我说：“谢谢，我的英语主要是在中国学的。当然，在美国读研究生的经历也有帮助。现在也有不少美国人中文说得很地道。”他露出“了不起”的表情，随即招呼摄制组的成员共同合影，全然不顾旁边的助手不断看表的催促。

纯白色会显得肤色黑，纯黑色不反光的面料会看上去沉闷，

细条纹或碎格子的衣服会在屏幕上“闪”……

多年的采访下来，我总结了一套自己的着装之道。

67e

多亏了老黑，带了一件 Dior 的黑色礼服，

配上 LAN 珠宝的一套绿宝石项链。

我挽着吴征的手，走在了红地毯上。

（摄影师：刘潇，刊登于《Noblesse · 至品生活》）

LAN 澜 FINE JEWELLERY

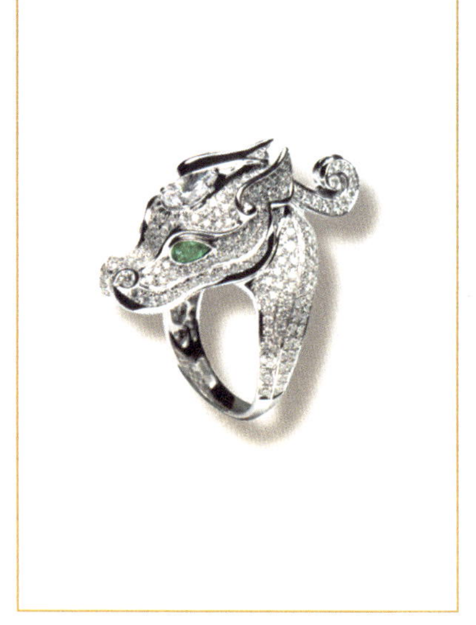

寻找中国文化在珠宝首饰中的现代表达，成为一种冲动，促使我创立了 LAN 珠宝品牌。

一见面，克林顿不仅跟我热情地握手，而且主动走向摄制组的每一位工作人员，从摄像师到小助理，一一握手，问对方的名字。

04 怎么才有自己的调调

为服装做减法

“人声”如此丰富

潜台词

美的中国叙事法

美是一种可以改变世界的力量，

每个人所拥有的美都是独一无二的。

为服装做减法

“对不起，女士，您不能再往里走了。”白金汉宫的门卫举手示意我的化妆师。看到我们诧异的神情，他指了指化妆师说：“在宫内不能穿牛仔裤。不过您可以在接待室等候。”

看来没有通融的可能了，我向化妆师做了个鬼脸说：“那你就在这儿喝会儿英式下午茶吧！”

特定的场合有对服饰的特定要求。比如参加赛马会或马球比赛，女士不仅要穿正装，还要戴帽子。

有一次我和吴征在海外度假，中途临时决定参加新加坡新春马会。到新加坡时离开场只有几个小时，没有时间去买帽子，我就只好穿了身还算正式的裙装，硬着头皮走进观礼台。赛场里，男士身着浅色休闲西装（lounge suit），胸前口袋里搭配手绢；女士们也以浅色系小礼服为主，多为雪纺和丝绸面料。满眼衣袂飘飘，各式帽子争奇斗艳，让人眼花缭乱。正自惭形秽，偏偏主人给我们介绍认识英国女王的御用选马官。看人家大热天穿着一丝不苟，我忍不住连忙向对方解释自己的失礼。

漂亮与舒适常常是矛盾的。

还是在英国，一次应邀参加艾尔顿·约翰的年度慈善晚会。那天我穿着夜礼服，脚蹬细高跟鞋，下车时还美美的，但很快就在心里大呼不妙。首先是从停车场到花园门口铺着白色的碎石子，踩上去深一脚浅一脚。其后，刚与主人打过招呼，就一脚踩进英式花园的松软泥土里，而且刚刚下过雨！每走一步，高跟鞋就陷到泥里，我用力想要拔出来——脚是出来了，鞋子还留在地上！最后只得踮着脚尖，提着裙子向前走，恨不得脱掉鞋子赤脚走路，毫无优雅可言！囧。

国际货币基金组织总裁拉加德也有脱鞋赶路的经历，那是她年轻时在巴黎的麦肯锡咨询公司工作时的事。一次拉加德要去见一个奢侈品客户，而且很有可能跟对方签订长期合约。走在香榭丽舍大街上，突然下起大雨。拉加德急忙在雨中脱掉鞋子，赤脚赶路，以免淋湿了名牌皮鞋——客户就是这个品牌的拥有者！客户看到她对这双皮鞋这么珍惜，当下就决定把合同签给这位年轻的女律师。

对刚刚富裕起来的中国人来说，崇拜西方名牌的经历似乎是不可避免的。穿衣也是把漂亮的东西都堆上身再说。那些颜色鲜艳，不镶满水钻就显不出高级的衣裙，是这个阶段的特色。毕竟，做减法是最难的。

记得采访著名设计师拉夫·劳伦的时候，他说他最欣赏的，是可以把白衬衫穿出性感的舞会女孩。我问他当年是不是就这样打扮自己的女友的（What was the way you tried to dress her？），可能是上了点年纪的缘故，也可能是有意耍宝，他反问："什么，你问我如何替她脱衣服（Undress her）？"周围的人都大笑。我回答道："您要不介意说，我们也洗耳恭听！"

电视采访对服装有一定要求，比如纯白色会显得肤色黑，纯黑色不反光的面料会看上去沉闷，细条纹或碎格子的衣服会在屏幕上"闪"，直到数码高清技术解决了这个问题。还有就是服装式样、颜色与环境的关系，与受访者的色彩关系（想想如果对方穿绿色而你穿黄色……）。

当然还要考虑季节温度与服装的材质（达沃斯论坛的采访常常在白雪皑皑的室外做！那冷风，飕飕的）。

服装与采访内容也有直接关系，采访政要，相对严肃，记者的服装应尽量选单色的套装，配饰更要简洁。如果对方是男性政要，几乎可以肯定对方会穿深色西装，那么我就可以穿带颜色的套装，让画面不至于太呆板。如果是女性政要，那就要提前询问她的助理有关服装颜色的事。如果得不到信息，可以查查她以往的照片，琢磨一下她的着衣风格。以不变应万变的方式，就是选米色或灰色的服装，怎么都不会太突兀。同时避免穿太高的高跟鞋——访谈是谈话，又不是比海拔。

采访艺术家、设计师的时候，穿衣最难。过于拘谨严肃的套装明显不适合采访对象自由灵动的气质，从头到脚是完整一套也会显得过于刻意、沉闷。这时混搭是较好的方式，随意但要有想法。棉质衬衫、T 恤加素色外套，搭瘦腿裤或牛仔裤，都是比较安全的穿法。

中国女性在国际性的社交活动里常常穿国服旗袍。不过其实表达民族感不一定非要穿旗袍。穿的话也要注意旗袍的质地款式。比如有的丝绸旗袍质地太薄，没有垂感，也很容易产生静电，吸附在大腿上；有的旗袍面料没有抗皱处理，你刚从车上下来就已经在腰部和胯部堆出好些皱褶；做工如果不细致，很容易让别人把你和穿旗袍制服的服务员搞混；如果旗袍太紧，坐下来吃饭时腰部的“救生圈”可能有好几层；还有一点就让人有些不好意思说了——如果选择无袖的旗袍，女士务必要将腋毛刮干净，不然一抬手……有一次参加国际会议，一位身着旗袍的中国女企业家，大概是鞋不合脚，就当众脱了鞋子，跷着二郎腿，上下颠着脚，还不时用手按摩脚面！简直不忍直视。

拉加德曾经跟我分享过她在旅行时的服饰秘诀，那就是，带一套正式套装（她好像偏爱深灰色），带几件不同颜色的衬衫，最重要的是带上花色不同的丝巾或轻薄柔软的羊毛披肩，系在领口或搭在肩头。这样不仅有专业感，而且丰富有活力，就像带了四五套服装的效果一样！

夏季出国旅行时，建议女性一定要带一条披肩或小外套。佛寺、清真寺、东正教或天主教教堂等宗教场所，即使是旅游景点，一般也不允许女性穿短裤或裸露肩膀的服装进入。

我也遇到过一些服装“危机”。比如快上舞台之前，突然发现裙子的布料透光，紧急中只好把打底衫当衬裙用；或是拉链卡住了，情急之下从后台服装师的包包里搜出针线，逼人家把裂口缝上。

最慌的一次是去参加戛纳电影节，上午到戛纳，下午就要作为投资方之一参加《摩纳哥王妃》的红地毯仪式，却在机场被告知托运行李丢了，从礼服、鞋子到手袋全部在里面！一到酒店，我就冲上出租车，直奔英格兰大道的各品牌店。可那里的礼服不是太露，就是金光闪闪，不合心意。正在这时，造型师老黑的电话来了，他坐晚一点的航班刚刚赶到，而他居然有先见之明地带了一件 Dior 的黑色礼服！于是赶紧买上黑色高跟鞋和手袋，回到酒店，试穿一下，正合身，还配得上 LAN 珠宝的一套绿宝石项链！裙摆是长了些，老黑就用针线粗粗地撩了几针，从外面完全看不出来痕迹。一阵手忙脚乱。就这样两个小时之后，我挽着吴征的手，走在了红地毯上。

我是旅行狂人，采访、出差、参会、度假，一年中倒有七八十天在外地。熟能生巧，渐渐地，收拾行李成了我的拿手绝活。为期五天左右的旅行，半小时内可以收拾利索。

TIPS

1. 先根据主要活动定下服装和鞋子。

2. 箱子里最占空间的是鞋子和包，要尽量少带，一款多用。

3. 携带的其他服装尽量与主要服装是同色系，这样内衣、围巾、鞋包都可以通用。

4. 旅行总有不时之需，带上轻薄的外套可以抵御有些宾馆里太足的冷气；一双平底鞋应付逛街、远足类的活动；一件小礼服可以让你美美地跟朋友们去酒吧或招待会。

5. 旅行中常遇到一到饭店就需要出门的情况，根本没时间熨衣服。可以把质地轻柔的服装挂在淋浴间内侧，洗澡时借用蒸汽把面料舒展开来——当然不要搞得太湿哦。

“人声”如此丰富

在这个视觉形象充斥各种媒体的时代，声音的魅力常常被低估了。

我上中学的时候，最主流的声音是高亢洪亮的“小钢炮”，一开腔，就是革命的东风压倒西风，要不就是在诗词里轻蔑地斥责“几只苍蝇嗡嗡叫”“不须放屁！”，好一番大无畏的气概！

20世纪80年代中后期，大陆风气渐开，与邓丽君的亲切甜美同时到来的，还有披头士和爵士乐。当我从不知被翻录了多少次的磁带中听到路易斯·阿姆斯特朗沧桑沙哑的声音时，立刻就被迷住了，那是一首“*What a Wonderful World*”（《美妙的世界》），“I see trees of green, red roses too. I see them bloom for me and you. And I think to myself, what a wonderful world…”（我看到绿树荫荫，玫瑰盛开，我看见它们为你我开放。然后我就想，这是个多么美妙的世界……）

出生在新奥尔良贫民区的他，从小看着单亲妈妈先后带回家不下一打“继父”，其中不乏对他拳打脚踢的。十几岁时他因非法持有武器罪被送进感化院，想不到在那里爱上了吹小号。体验过底层的苦难和人性的丑恶，他却在这一首歌里触碰到你我心里最细腻柔软的地方，让我们闻到阳光的味道。听他的歌，我仿佛看得到他仰着脸，闭着眼睛，陶醉的神情，也联想到凡·高的麦田和星空，那粗粝中奔腾的热情与希望。

在阿姆斯特朗的葬礼上，成千上万的人赶来，有黑人，也有白人。但人们的情绪却并不压抑，或许因为这位音乐家令他们骄傲，或许因为他的音乐如阳光般温暖。乐队本来要吹奏哀伤的音乐，但见到此景，乐队指挥一声令下，两个小号手吹出高亢嘹亮的声音，队伍里的人开始手舞足蹈，如果不是人们用白色餐巾包裹饮料杯以示哀悼，你几乎会以为这是一次庆祝生命的狂欢！

不知道所谓的“烟嗓”是否有莫名的磁力，我后来喜欢上的另一位歌者是法国的伊迪丝·琵雅芙（Edith Piaf）。她的声音有一种让人沉醉的魅力，质地丰富，脆弱和感伤底下，是不屈服、不妥协的力量。《玫瑰人生》：“当他拥我入怀，我看见玫瑰色的人生，他对我说爱的言语，天天有说不完的情话……”《爱的礼赞》：“……蓝天可以倒塌，地球可以陷落。只要你爱我，那些都不算什么。我无法去注意那些事，只要爱能充满我的每个早晨……”她的个人经历也颇为悲惨，从小在巴黎街头卖唱，后因车祸后的伤痛对吗啡和酒精上瘾，40多岁便早逝。但在她的声音里，你听到的不是冷漠和麻木，而是赤裸裸的对生的渴望、对爱的激情，让你心疼，让你奋不顾身。

即使不是歌唱家，声音对于一个人的形象也是很重要的。

英国前首相撒切尔夫人的声音偏尖。当她决定竞选党魁、继而问鼎首相时，声音训练师让她有意识地把发声的位置放下来，更接近女中音的音色。成熟、可信、优雅的声音形象就这样被塑造出来。希拉里·克林顿的声音也具有这种特质。她做第一夫人之初，音色相对比较亮，比较锐，语速也快。经过白宫岁月的历练，以及做参议员和国务卿的经历，她在公开演讲时语速更慢，句子更短，音色更沉着。

再次竞选总统的她深知，能真正打动选民的是语言中传递出来的情感而不是说教，是带来希望而不是释放怨气。所以你听她近期的演讲，热情温暖，极力拉近与普通民众的距离，给人安全感。

语言的速度和节奏感也很关键。有些人觉得说话的速度快就是自信能干的表现，实际上词句频密，只会让别人应接不暇，自己也说得很累，却留不下什么印象，对表达毫无帮助。而且，语速加快往往让自己过于紧张，所以如果能把语速放慢，不仅能增强语言的准确性，还能稳定情绪，让听的人也能放松心情，更加专注。有效的停顿，是演讲和脱口秀的成败所在。比如奥巴马在白宫记者招待会上调侃各种评论家对他的指责时说："我还有一年半的任期，已经有人迫不及待地评论我的遗产。最近某某写专栏说我会把世界带入圣经式的末日！"他停顿了一下，笑着说："那样的话，还真算是留下了政治遗产，就是华盛顿和林肯也做不到！"台下的记者们笑翻了天。

声音传递出来的力量甚至可以决定生死。我的一位美国朋友是简·方达的闺密，她给我讲述了一个真实的故事。简在蒙大拿州的森林里有一处别墅，四周有保护良好的天然树林，因此成为她躲避市井喧哗的地方。有一次她带着年幼的孩子在那里度假。一只一人多高的大棕熊不知什么时候弄开了落地窗，将半个身子挤进了房子，距离孩子只有几步之遥。简大惊失色，这时叫人已经来不及了。保护孩子的天性让她一个箭步上前挡在熊和孩子之间。不知从哪里来的力量和胆子，她突然两腿叉开，向上张开双臂，用尽全身力气，冲着棕熊大吼一声！棕熊被她吓了一跳，居然不由自主地将那探进门来的半个身子退了回去，而后转过身，一颠一颠地跑回森林去了。估计它想：“多大点事儿啊，不就是来串串门嘛，犯得着发这么大脾气吗？”

每个人的声音都是独一无二的。

我的自然音色不宽，高也高不上去，低也低不下来。更糟的是，由于没有受过专业训练，我不善于用气，声带易受磨损，常常充血沙哑。在我职业生涯的早期，这是将我与那些“播音腔”较重的主持人区别开来的重要特质。没有那些千人一面的科班训练，反而让我的声音表达更有识别度。记得《正大综艺》播出不久，有一次我坐计程车，司机攀谈了几句后突然跟我说：“你知道有个很不错的新节目叫‘正大综艺’吗？你跟那个女主持人的声音像极了，如果长得像她就好了！”

嗓子是主持人吃饭的本钱，我却对它不太在意。咽喉发炎了，声带肿了，也很少让它休息，总觉得可以扛一扛。不过让我真正尝到苦头的，是2013年的一场重感冒和咽喉炎，当时我几乎发不出声音来。但是事先已经答应星云大师去他的扬州论坛做一次公开讲座，报纸都登出去了，有2000多观众领了票，怎么能不去呢？于是就逼迫自己的声带挤出声音来，而且居然讲了两个钟头！

第二天，嗓子火辣辣地疼痛，声音一点也发不出来了。经过中西医的各种治疗，又是点药，又是针灸，又是按摩，最后医生告诉我声带已经受损，无法完全闭合。给我的选择是，要么做修复手术，要么就再也发不出高音了。修复手术我不太敢做，万一没弄好，岂不是更糟嘛。反正又不需要唱High C，能保证说话就行。医生还告诉我，我的发音习惯必须要改，要让发音位置靠向嘴唇，减少声带压力。

于是我成天练习“抱笨奔波罢宝班，标崩包炳憋冰边，宝本布别兵帮扁，必鼻补步病博班”。我这边字正腔圆地大声朗读，还要让上下唇发出爆破音，一旁的人听了一头雾水，还以为我在说胡话！实际上我只是在不停地练嘴唇音而已。

现在，每当别人夸奖我的音色有特点、有磁性时，我都在心里感谢我那带伤坚守岗位的声带大人。

说到星云大师，还有一段小故事。我去佛光山采访他时，他邀请我参加当晚举行的全球佛光山弟子的代表大会。我到得稍微晚了一点，正蹑手蹑脚地想在后排找个座位，就听到星云大师对着麦克风说：“杨澜小姐，我给你在主席台上留了个座位。”我只好红着脸，在众目睽睽之下上了主席台。轮到我说话时，我问星云大师："都说您视力不好（他患眼疾，只有朦胧光感），怎么还是发现我进来了？"星云大师爽朗地说："视力不好，耳朵好啊。你看我弟子里哪有穿皮鞋的？"哎哟，这茬儿我怎么忘了？

潜台词

作为采访者，我常常会关注嘉宾的肢体语言：表情和身体比较僵硬的，就讲讲笑话，分散一下注意力；身体后仰几乎陷到沙发里去的，就提醒对方坐直一些，这样在镜头里更好看，同事会适时递上一个靠垫。

别以为所谓“大人物”就会对采访应对自如。

我采访查尔斯王子时，不知是生性腼腆还是有点紧张，他一边回答，一边不自觉地搓手。

我看了看他的手，皮肤通红，骨节粗大，联想到他喜欢骑马，种植有机农作物，就问：“我听说如果您可以自由选择职业，您更愿意成为一位农夫，是吗？”他放松下来，点点头说：“也许吧，假设我有选择。我真的喜欢农场的一切——土地、泥土、树木、鸡、猪、羊……它们总是让我着迷。我甚至跟植物说话，据说这样它们会长得更好，呵呵。我尽可能地接触土地，也鼓励人们在高度城市化的今天尽可能保持与土地的接触。今天的孩子们只知道食物是从超市里一包一包买回来的，我希望他们——包括我自己的两个儿子——参与农活，建立与土地的感情。”

这就是一个动作引起的一番谈话。

人与人之间的沟通 55% 是靠肢体语言完成的。肢体语言表露我们的内心，也影响着我们之间的关系。全球特奥会主席蒂姆·施赖弗是特奥创始人尤尼斯·肯尼迪·施赖弗的儿子，美国前总统肯尼迪的外甥，他与他的舅舅长得很像。这位耶鲁大学教育学的博士，一表人才，口才绝佳，典型的美国精英背景。本来很多人预期他会追随家族传统步入政界，但他最终决定接母亲的班，全力为智障人士和他们的家庭服务。

曾几何时，智障人士被看作是家庭的羞耻、社会的嘲笑对象，但特奥让他们发出了内心的呐喊："让我去赢，如果我不能赢，也让我在努力中变得勇敢！"

从小目睹母亲悉心照顾智障的姨母，蒂姆与特奥运动员在一起的时候，态度完全是家庭式的平等与亲热。他会叫出他们的名字，拍着他们的肩，与他们击掌，为他们加油喝彩。我看到那些智障人士得到他的关注，既兴奋又开心。过去常常因为自卑而不敢正视别人的人，现在却大大方方地看着蒂姆说话，甚至还会跟他开玩笑："蒂姆，今天敢跟我比比，看谁跑得快吗？"

在他的邀请下，我成为特奥的全球形象大使，并且参与"融合运动"，与特奥运动员一起搭档比赛。

有一次我在网球比赛中连输好几个球，我的搭档，一位波多黎各的特奥运动员跑向我，拍了拍我的肩膀说："没关系，有我呢！把难接的球让我接。"

采访汤姆·克鲁斯的地点是韩国首尔一家酒店的会客室。

虽然已经反复与酒店服务人员强调安静的重要性，并得到对方的确认，可不知怎么的，当我和克鲁斯已经寒暄落座，摄制组一切就绪，摄像师已经开机的时候，突然传来音乐声，应该是大堂里的音乐声传进来了。

大家的眼神齐刷刷地转向酒店经理，搞得他很囧，焦急地朝对讲机用韩语询问着。不一会儿，音乐声停了下来。正当我们松了口气，重新开机时，音乐声再次响起，音响师再次示意停下来！

我向制片人做出不耐烦的表情，意思是说“怎么搞的？采访时间本来就很有限”！这时，只见克鲁斯摘掉话筒，站起身来，走到排列着开关的墙边，一个一个地关掉，终于找到了播放器的开关，音乐声随之消失了。大家一起鼓掌，克鲁斯扬了扬眉毛，开心地摊开双手，做了个调皮的表情。看人家动手解决问题的利索劲儿，我还真有点惭愧呢。

其实有关举止得体，并没有什么神秘的，四个字“自然有礼”就是了。其中有些实在是在上幼儿园的年纪里就应该学会的事。但不知何时起，中国游客在海外却成了举止不文明的代表。随地吐痰、不排队、大声喧哗、糟蹋食物，泱泱大国何至于此，想起来我都觉得窝囊。那些最基础的文明礼貌我就不说了，只想说人的服饰、举止、言辞应该是一体的。一身的奢侈品牌或许让人羡慕，但文雅的举止和谈吐才让人尊敬。

礼仪一词，如果指个人的举止，在英文中是 etiquette。Etiquette 来自法语，是标签的意思。如果是指外交方面的程序和礼节，称为 protocol。

法国“太阳王”路易十四邀请各地贵族来参加他在凡尔赛的派

对，深知不少地方贵族举止粗鲁，于是命人在各处树立小指示牌，诸如“不可直视君王眼睛”“退场时不能将后背对着君主”，等等。我相信，看到原本乱哄哄的贵族终于有点规矩和礼貌了，路易十四一定和中国历史上的一位皇帝——刘邦的心情差不多。史上记载刘邦登基后，因为一伙儿打江山的兄弟们在宫廷上仍然没大没小，胡吃海塞，甚至抡拳拔剑的，十分不爽。于是萧何出了主意，拿出一套规矩训练这些人。大家受训之后再度上朝时，不仅不敢大声喧哗，甚至连大气都不敢出，毕恭毕敬的，刘邦这才舒心地说：“我终于找到做皇帝的感觉了！”

礼仪虽然在起源上与宗教祭祀、权力等级有关，但演化到日常生活中，其实就是一份对己对人的尊重。对待陌生人的态度往往更能看出一个人的仪态。

美国前总统克林顿的人际交往能力，不得不让人佩服。我在北京采访他时，一见面，他不仅跟我热情地握手，而且主动走向摄制组的每一位工作人员，从摄像师到小助理，一一握手，并询问对方的名字，搞得好几位小伙伴都不好意思了。明知道他也不可能记住这么多人的名字，但大家都感到被尊重。怪不得小布什总统曾经不无醋意地形容克林顿：“他是那种可以一边看着你的眼睛，一边抱起你的孩子，还一边拍拍你的宠物狗的人！”能同时做到这么多，也算人际交往的真本事了吧。

我们对别人的判断，70% 以上在见面的两三秒之内就形成了。这就是为什么我们的形象和举止非常重要（这是我们未开口之前“说”的话）。语言只占很小一部分，有时语言是最无足轻重的，甚至它还具有欺骗性。

雅尼曾经说过：“语言可以撒谎，音乐不会。很多人都会很随意地说我爱你，你不知这到底意味着什么，但音乐里有没有爱，爱有多深，你一听就知道。”

音乐是走心的，触动的是直觉。而身体语言，也常常是受直觉和潜意识的支配，在无意中传递出有关一个人家教、身份的种种信息，也显现他此时此刻的情绪和态度。

就拿坐姿来说吧，身体前倾表明对交谈的热切期盼，身体后仰既可以是轻松也可能是傲慢，身体过于板正可能是矜持没放开，但跷着二郎腿左顾右盼，对于正式会议就有心不在焉的意思了。女士穿裙装时要特别注意腿的姿态，两腿的膝盖和脚踝应当闭拢，落座时用手自然地捋顺裙子的后摆，才不至于走光。如果沙发很深，女士不要坐得太靠后，四仰八叉的，脚也不沾地；当然也不必坐得太靠前，好像小学生似的诚惶诚恐。

一个有趣的观察是，男人的语言可能说谎，脚却不会。如果他们跟你似乎聊得挺热闹，但是脚尖却冲向其他方向，就说明他们已经心猿意马了！

既然身体可以传达态度，那么有意改变身体状态也会对调整情绪有好处。如果你对当众演讲有恐惧，我可以和你分享两招：一是要放松身体，因为紧张时身体常处于压抑状态。你可以做深呼吸 15 次，让身体供氧更充分，也可以反复拍打大腿外侧——那里是血动脉所在，拍打有益于血液循环，从而让身体兴奋起来。二是看看坐在你面前的人，不管今天他们怎样位高权重，想象他们都曾有垫尿布的时候！都是人嘛。

态度决定一切。

TIPS

1. 最能赢得好感的行为，就是准时。迟到固然可恶，到得太早也会让主人措手不及——也许人家还在厨房忙着呢。

2. 跟人握手前，擦擦手心的汗水。握手应有适当的力度，英语中用“firm”这个词来形容。没人想跟你掰手腕，但虚弱无力的握手给人的印象要么是你心不在焉，要么就是你健康出了问题！如果是行亲吻礼（英美国家通常碰一次右脸颊，而在法国、意大利等拉丁国家，起码右边左边各一次，有时甚至来回三次，方显热情），一般来说要女士主动才好。如果女士感到两人关系还没那么熟，完全可以把手伸出去，把男士的亲吻动作化解于无形。

3. 说话看着对方的眼睛，别人说话时不要低头玩手机。坐在长条桌周围用餐时，女士可以在上第一道菜时跟左边男士交谈，上下一道菜时与右边男士交谈。

4. 落座以后别抖脚，否则会让大家都心神不宁的！女士跷着二郎腿抖脚，颜值再高也白搭了。

5. 男士，请你为女士开门，而不是粗鲁地把门一甩。就餐就座时请帮身边女士拉开椅子，而不是大摇大摆地自顾自坐下。在社交场合，你不应冷落自己的女伴或与你交谈的女性，如果你需要转换谈话对象，也要礼貌地把女伴介绍给其他宾客，陪他们聊上几句，再抽身而退。

6. 女士，打扮得体，是对主人最好的尊重。不过在会议和正式用餐时，请不要当众补粉涂口红，剔牙时也请用另一只手遮一下哦。

7. 外国人喝茶喝咖啡时，茶碟上的小勺是做搅拌用的，不能像喝汤似的用这勺子舀着喝，更不要发出“呼噜噜”或咂巴嘴的声音哦！

美的中国叙事法

日本的设计深受中国汉唐文化影响，直到室町时代末期（15 世纪末）才形成自己以“空”“寂”为核心的审美风格。这要感谢一群被称为“阿弥众”的僧人艺术家。当时的幕府将军名为足利义政，此人有点中国的宋徽宗的做派，对国事没什么兴趣，对艺术却情有独钟。这样的人偏偏生于幕府将军家，又做了统治者，他们的爱好常常导致国家和个人悲剧性的命运。由于他疏于朝政，终于酿成“应仁之乱”的空前动乱。叛军势如破竹攻下京都，他只有仓皇出逃，到了东山上。多亏他的儿子有一定军事才能，终于平定叛乱，恢复统治。但此时足利义政已经心灰意懒，无意治理国家。他就在东山建造了一处逍遥世外的桃花源“东山御殿”，开始隐居生活。追随他的是一群和尚，史称“阿弥众”。这些人是了不起的建筑师、室内设计师、园林师、茶艺师、花艺师，他们去繁复，就简素，将佛学中的“空”“寂”理念引入到生活方式中，形成一套完整的美学体系。日本的茶道、花道皆形成于这个时期。而这种东方的简约洗练之美与西方现代艺术的理性精神相互观照，也让日本现代设计在世界上占有显著的地位，产生了如建筑师安藤忠雄，服装设计师三宅一生、山本耀司等一批有影响力的艺术家。

中国的设计美学比日本的更加丰富多元，汉玉的拙朴、宋瓷的温润、明式家具的简约、苏州园林的奇趣……自清朝以降的堆砌繁复，虽然在审美趣味上比较多匠气，但也有层次丰富之美。可惜的是，百年以来，战火硝烟毁之，流离失所弃之，“文化革命”砸之，急功近利拆之，令人痛心。改革开放以后，舶来品主导风尚，本土制造粗鄙简陋，即使偶有佳品，也很难形成气候。倒是20世纪50—60年代出生的一批台湾设计师，因为接触西方当代艺术与设计较早，人文传承也没有遭受太大破坏，加上文创市场成熟，故而在中国精神之现代表达方面，呈现出较高的设计趣味和水平。朱铭的雕塑、姚仁喜的建筑设计、石大宇的“清庭”系列室内陈设、王侠军的“琉园”水晶艺术品等皆属此列。

1999年，我在台湾新北的朱铭美术馆采访朱铭。山坡上散落着他的雕塑，分别是“太极”系列和“人间”系列，或白鹤亮翅，或海底捞月，或相依相伴，或若有所思，各占一隅，怡然自得，仿佛它们才是这里真正的居民。木匠出身的他，行走乡间，从刻关公像开始，一刀一斧皆见功夫。你看他的“太极”系列，抽象写意，衣袂当风，带着利刀阔斧的速度。而“人间”系列就带着世俗的柔软和温度，呈现出自然松弛的状态。雨淅淅沥沥地下着，透过雨雾，朱铭指着远处隐约的楼宇淡淡地说：“如果一直做‘太极’，我大概可以买下一栋商业大厦；要做‘人间’，就有破产的风险。但是重复自己有什么意思呢？”就这么简单，不创新，毋宁死。

姚仁喜先生兄弟三人都是出色的设计师。作为建筑师的他，最被人称道的作品是台湾法鼓山农禅寺。当年让他设计农禅寺，圣严法师只给了他四个字——“空花水月”，给他留下巨大的想象空间。姚仁喜将禅意与现代风格融合，庭院开阔舒展，《金刚经》《心经》被镂空雕刻在外墙上，日月光芒穿过文字，投影在内墙上，光影流动之间仿佛是时光之手在翻阅佛经。我有幸请姚先生夫妇来家里做客，才知道他也是宗萨蒋扬钦哲仁波切所著《正见》这本书的译者，对佛学和心理学有着相当深的领悟。建筑作品能够给人带来心灵的感动与共鸣，必是与设计者的境界相关。但让他也意想不到的是，曾经有想轻生的人，因为在水月道场受到震撼和感动，而决定好好活下去！设计之于生命的影响力，无过于此吧？

无独有偶，2015 年纽约大都会博物馆的年度慈善舞会（Met Ball）的名字叫“中国：镜花水月”（China: Through the Looking Glass）。舞会的设计透露出一种西方人对所谓异域风情的中国文化的神秘感，与 20 世纪二三十年代“装饰主义”（Art Deco）时期所谓的“中国风”（Chinoserie）一脉相承。（卡地亚在那一时期有过不少带中国元素的珠宝饰品，2012 年曾在故宫博物院展出。）不过，这一番“水月”，是西方人眼里的东方，那奢华暧昧的情调、放纵沉迷的暗示，照见的是他们自己的幻想，与禅意中的清净虚无南辕北辙！不过，这份来自西方的推崇和演绎还是有助于保留下一种文化交融的记忆。2007 年在伦敦的一个艺术展上，我遇到一位年近六旬的英国芭蕾舞艺术家。她那天穿了一件象牙白色的羊绒外套，胸前的别针十分醒目，立刻吸引了我的注意。那是一支花卉造型的别针，比上面镶嵌的宝石更夺目的，是表面一层鲜艳的翠蓝色材质。我忍不住走上前去，自我介绍后赞美了她的服饰。她愉快又略带惊奇地问：“你不认识吗？这是来自中国的珠宝，上面蓝色的是一种鸟的羽毛，曾经在中国很流行的。”我回到饭店上网一查，才知道这就是“点翠”的工艺，是明清时代皇家和贵族女性热衷的一种装饰方式，是将翠鸟的羽毛仔细地粘贴在金银质地的底座上。后来翠鸟几乎绝迹，这种技艺也就失传了。这位女士所佩戴的别针起码已有百年历史，但蓝色的羽毛依然鲜艳逼人，非常珍贵。不过，更让我大跌眼镜的，是数年后我在故宫采访时，在乾隆做皇子时居住的寝宫的墙上，看到一幅一米多高的花鸟图，上前一看，可了不得，它全部是由翠羽粘贴而成的！

因为经常有机会出席国际文化活动的缘故，佩戴什么样的首饰成为我经常遇到的一个问题。首饰，因为离脸部最近，是造型中最被关注的一部分，是你未发一言时无声的语言。西方品牌的首饰设计中体现出他们的艺术轨迹，但却不能代表我的文化身份；而古典式的中国珠宝，其材质和造型往往与现代时装不合。寻找中国文化在珠宝首饰中的现代表达，就成为了一种冲动，促使我创立了 LAN 珠宝品牌。记得第一次在公众场合佩戴自己品牌的珠宝，是在北京 2008 夏季奥运会开幕式上。此后，在高端采访、文化盛典、红地毯等各种场合，LAN 珠宝都陪伴着我，它们也获得了人们的关注和赞美。席琳·迪翁、查尔斯王子、妮可·基德曼等国际知名人士也成为它的收藏者。长话短说，走艺术与商业的平衡木并不容易，但 LAN 珠宝能生存下来，在没有大资金投入的情况下，不断推出新设计，其设计水平和工艺品质受到专业界和客户的认可实属不易。它曾参加佳士德的拍卖，被英国高端奢侈品杂志 *Luxure* 用作杂志封面和封底图片，并给予了它很高的评价。

寻找传统文化的现代表达，说起来容易做起来难。比如“龙”的形象，就被几乎所有珠宝品牌使用过。如何才能让我们的龙有一眼就能辨认的个性？我们研究了中国历史上数百种龙的形象，发现今天我们常见的“龙”，面相凶狠、霸气外露，是皇权的象征，女性很难认同。但是在战国时期的玉璧上，我们看到了更加古朴优雅的龙，被用作吉祥的象征。古代的中国龙有公母之分，母龙也被称为“蛟”，头上有隆起却没有利刃般的角，嘴部微微翘起，有种萌萌的感觉。于是，以“小龙女”为名，属于 LAN 珠宝的龙出现了，它的力量内敛，尊贵优雅。以后“Dragon Lady”（女强人）也应该被重新定义了！再比如兰花造型，也是世界著名珠宝品牌经常涉猎的主题，如何做出新意？我们的设计团队在数百种兰花中挑中了“墨兰”。它是中国本土的兰花，萼片纤细灵动，如凤舞鸾翔，花瓣是素雅的淡褐色或褐紫色，近墨色，被称为“中国兰”。我们还发现，其蕊柱和花瓣的形状宛如一位娇憨的小 baby，含羞而坐。在中国画中，“墨梅”“墨兰”带有文人的水墨精神，他们通常以墨色描摹，力求其高洁气质。“不要人夸颜色好，只留清气满乾坤。”王冕的诗不仅适用于墨梅，也适用于墨兰。于是，以不对称、不规则的设计方式，以黑、白两种颜色的钻石镶嵌，一款“蕙质兰心”的项链诞生了：灵动舒展的萼片，迎风飞舞，花中间宛若端坐一位晶莹剔透的小仙子……但整体却又呈现出一种沉稳内敛的气质。造型设计是一方面，工艺品质同样重要。我做珠宝得到了很多启发。比如，当你看一件珠宝的工艺时，不要仅仅看它的正面，而要首先看其背面——有着完美背面的珠宝，正面差不了！担任 LAN 艺术顾问的石大宇先生，还分享了他在海瑞温斯顿（Harry Winston）做珠宝设计师时所接受的严格训练——在图纸上，设计师必须用彩笔完全表现出珠宝的材质、颜色和光泽，要让人有“一把抓起来”的冲动！多么天马行空的想象，都要有精益求精的呈现。毕竟，我们追求的是“东方气质，世界品质”。

一双半大不小的解放脚，让外婆在 17 岁那年，半夜出逃，一路东躲西藏，风餐露宿，

终于来到上海，进入一家手帕工厂做起缝纫工，后来创立家庭作坊……

女性的自由与平等，不是孤独的自我奋斗，而是一代人接一代人的接力奔跑。

我今天所拥有的机会，以及不断获得的成长，正是受益于外婆她们的努力。

21 世纪有三种决定性的力量正在改变世界，分别是 Web（互联网）、Weather（气候）、Women（女性）。

21 世纪有三种决定性的力量正在改变世界，分别是 Web（互联网）、Weather（气候）、Women（女性）。

领导力不是手中拥有多少军队、财富或员工，而是能否不断突破自己，同时让更多的人实现自我价值。

人的价值，没有贫富，只有丰富。

儿童跨界
术体验
KIART

我们能给孩子们留下的最长久的遗产是回馈社会的精神价值。

从 1993 年到 2001 年，再到 2015 年，

奥运成为中国不断开放、融入世界的鲜明标志。

这也是我遇到的“大时代”吧。

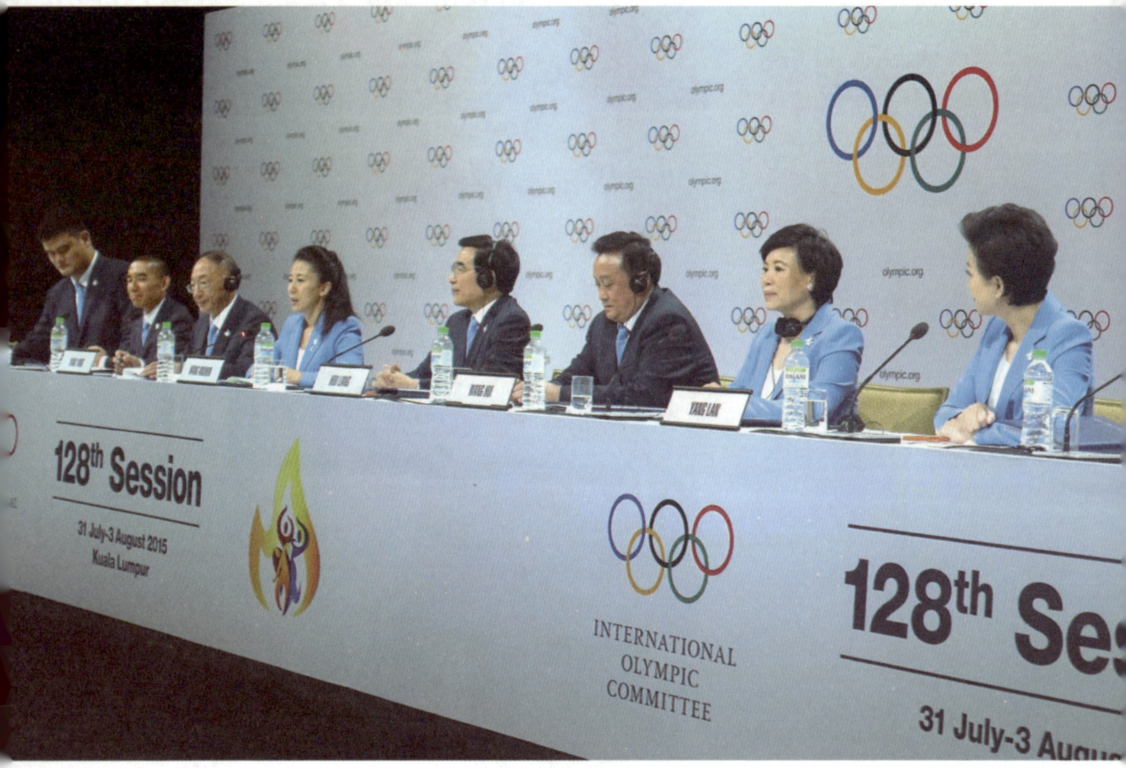
128th Session
31 July-3 August 2015
Kuala Lumpur
INTERNATIONAL
OLYMPIC
COMMITTEE
olympic.org
YANG LAN
128th Ses
31 July-3 Augu

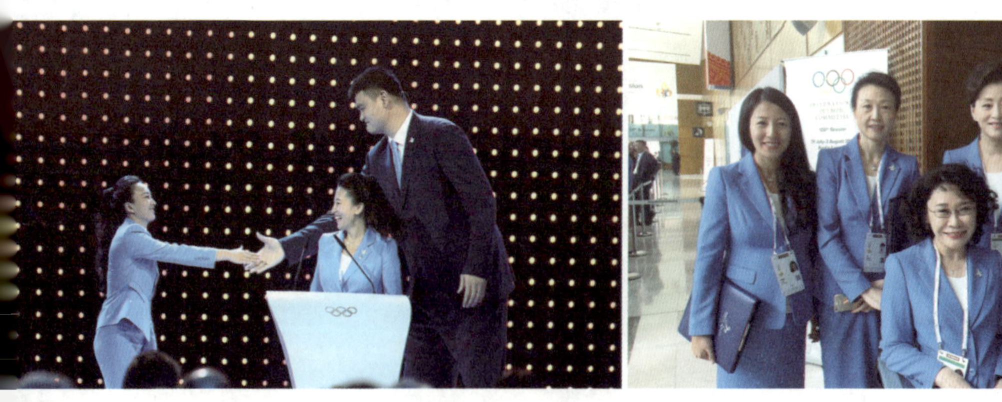

申办 2022 年冬季奥运会陈述组成员聚集在一起，

就像是一支球队，各怀绝技，又荣辱相依。

念念不忘，终有回响。

1993 年何振梁先生没有兑现的庆功晚宴，

在 2015 年终于得以圆满。

05 没有人是一座孤岛

我们都是情感丰富，脆弱而又坚强的个体。

这是人与人之间真正的纽带。

女人，你要的平等是什么

我们生活在标签的时代，大大小小的各种“主义”，把我们分割分裂开来，种种偏见和刻板印象由此产生。人们以为他们在说同一件事，但其实同样的字面下各人的理解完全不同！比如在社会学概念里，大概没有哪个词比“女权主义”和“女性主义”更容易引起误解的了。其实，不管中文表达有什么不同含义，这两个概念在英文中都是“Feminism”。

当别人问我“你是女权主义者吗？”，我有时不知道他们的潜台词是什么，这个“权”是什么“权”，是权利，还是权力？如果是指女人应该享有与男性平等的机会和权利，那么我就是女权主义者。如果是指用对立的态度向男性夺取“权力”，或是忽略男女性别差异，要求女人与男人做同样的事，然后才能平等，我就不能认同。毕竟，我们挑战的，是性别歧视的偏见，而不是男性本身。

性别平等不是漠视性别差异，男人生不出孩子，女人也不必拥有男人般的肌肉。“男女都一样”是指社会应尊重每个个体的选择，保障他们拥有平等的权利和机会。中国曾经用政治运动的方式把女性一股脑赶进职场，这并不代表中国就完全实现性别平等了，种种自身的和外在的偏见仍然束缚着女性。很多女性在家庭暴力前忍气吞声，认为家丑不可外扬；女大学生占到大学生总数的一半，但就业率和薪金水平却低于男性；科技发展与产业转型，降低了对体力劳动的要求，使男女在就业技能方面差异减少，但很多女性在职场中却没有平等的晋升机会；市场经济与互联网发展催生了大量女性创业者，但她们在寻找资金支持方面往往遭遇比男性创业者更多的困难；经济赋权让女人有了更多经济独立性和消费能力，但消费主义浪潮也让部分女性被进一步商品化了。当一些女孩毫不掩饰地讨论“我用青春换他的金钱，很公平啊”，到底意味着女性的选择更自由了，还是心甘情愿做了金钱的奴隶？

Facebook 的首席营运官谢丽尔·桑德伯格（Sheryl Sandberg）撰写的《向前一步》（*Lean in*）被认为是女性主义的新宣言。她指出那些妨碍女性实现自身潜能的因素，并不只是来自外部环境，而在很大程度上来自自我束缚。这本书的中文版出版时，我为之写了序，虽然我是从中美不同角度评价今天的“女权”，但却十分认同书中女性自我激励和支持性环境的重要性。那以后，虽然我与作者都很想见面聊聊，却苦于行程冲突，几次失之交臂。2015 年，一直被她视为灵魂伴侣的丈夫中年猝死，给她和孩子带来沉重打击。在丈夫去世 30 天后她撰文写出丧夫之痛。“30 天犹如 30 年”的内心感受，袒露人生的脆弱和感伤，也引发人们的共鸣。

8 月我路过旧金山，谢丽尔邀请我和吴征去她的家里做客。那是一栋下沉式的二层楼房，室内光线充足，空间宽敞，现代风格设计，浅灰色的家具线条简洁。面庞清瘦的谢丽尔眼神里还带着疲惫和忧伤。她穿着驼色的瘦腿裤，浅砖色的棉布套头衫，几乎融化在背景中。

丈夫去世后，他们 8 岁和 10 岁的儿女缺少安全感，生怕妈妈也会突然离开，所以她出差都尽量带着他们俩。而这两天，在夏令营的儿子就每天打电话说他想回家，谢丽尔只有温柔地安慰，让他再忍一忍。她心里想的是总要让孩子学会适应新的环境。看来，她必须把父亲和母亲的职责一肩挑起来。

我说："你一定要相信自己有这样的抗挫力，能带领孩子渡过艰难。他们需要你。"她点点头，说："我的母亲会帮助我照顾孩子，公司里老板、同事也对我非常支持，我能撑过去的。"但我心里知道，在这样艰难的时刻，她心里总有一些苦，是旁人，甚至亲人也无法分担的。

有一些话题还是会让她的眼中放射出光芒。同为美国在线"Makers"女性创造力系列人物，我和她都相信真实人生的力量能够激励更多女性勇敢地做更好的自己。她介绍说"向前一步"正在利用社交媒体把女性聚合起来，每 100 人一个组，成为学习和分享的平台；而具有同样愿景的"天下女人国际论坛"和"天下女人"社区正好可以与之开展更多合作，让中国女性和世界各地的女性多向互动，共同成长。我们准备离开时，她拉开一扇移动门，充当背景，请我们合影。

"我会与那些来家里的名人合影，留给孩子作为纪念。"她微笑着说。然后她坚持把我们送到大门口，她亲亲我的脸颊，说："谢谢你们绕这么远的路来看我，我很感动。"我给了她一个有力的拥抱，轻声说道："保重，一切都会好起来的。"

我们不是什么标签下的女强人，而是同样情感丰富、脆弱而又坚强的个体。这才是女性之间真正的纽带，我们能够对彼此关于生命和爱的体验感同身受，而且不耻于表露出来。

20 世纪五六十年代，美国女权运动成为民权运动的一部分。当时避孕套和避孕药得到广泛应用，女性可以掌控自己的身体和生育。《大都会》女性杂志的主编海伦·布朗提出了“好女孩上天堂，坏女孩走四方”的口号，挑战传统女性角色的定位和对女性人生选择的种种约束，鼓励女孩勇敢追求爱情和性的愉悦，以独立的姿态行走世界。而与此同时，跨过半个地球，我们的母亲们正在“妇女能顶半边天”的号召下进入就业大军，也在各种政治运动中挑战种种体力极限，追随“铁姑娘们”，跟男人一样干着重体力劳动，炼着钢铁，修着梯田。

无论是 Lean in（主动向前），还是被 Pushed in（被推动向前），她们都付出了自己的努力和抗争，虽然她们的行动包含过激的成分，但就如鲁迅说的，为了开一扇窗，有时不得不主张拆掉屋顶。今天的我们可以拥有比较平等的教育和工作权利，并不是被恩赐的结果。如果说那时男女平等更多基于个体的“权利”主张，今天则有越来越多的人认识到，性别平等，不仅是道德的正确选择，也是社会的明智选择。许多调查显示，那些能够给女性更多晋升空间、董事席位和友好环境的企业，在人才忠诚度、客户满意度上更有竞争力，并且在投资回报和利润方面表现更为优越。今天，人们都在讲“创新”，而创新是离不开平等多元的思想碰撞的，正因如此，几乎所有的跨国企业都设计了“Diversity & Inclusion”（多元及包容）计划，塑造更有吸引力的人才环境，让不同种族、性别、性取向的人，都能接受更好的能力培训，在平等竞争中释放自己的潜能。今天，商业全球化和互联网的发展，降低了创业门槛，给女性更多的融资机会和创业机会，也享受到女性生产力释放的红利。女性的经济赋权可以促进全球经济总量不小于 12% 的增长。

在中国，女性已达到创业者的 1/3 左右，全球前十名白手起家的女富豪中一半来自中国大陆。这就是市场的力量。女性凭借在沟通、服务和团队协同能力方面的优势，在经济结构调整、服务业比重上升的今天显示出更强大的竞争力。

但对女性的歧视和暴力依然广泛存在，有形无形的玻璃天花板依然制约着女性成长，这是不公平的表现。还有一种不公平，就是要求那些在职场上有所作为的女性必须独自完成所谓的“平衡”。

“你是怎么平衡事业与家庭的？”是几乎所有女性精英必须回答的问题，似乎如果她们不能先把家庭“搞定”，就没有干事业的权利。更有趣的是，男性精英从来不需要回答这个问题，似乎他们的“私事”与事业无关。没有家庭层面的“伴侣”的支持和体谅，仅仅靠女人自己努力，就要“上得了厅堂，下得了厨房，斗得过小三，打得过流氓，生得了孩子，买得了新房……”，真是活生生地要逼出一代女超人了！

同时，这对男人也不公平。社会功利主义的单一评价标准，往往让男性也承受了过多压力。不能享受天伦之乐，跟妻子、孩子缺乏交流，这绝不仅仅是家庭的缺憾，也是男性自身的缺憾。终于，男人们觉醒了，这才有了《爸爸去哪儿》等一系列亲子节目的火爆，今天的人们可以这样说："哟，你连陪孩子吃饭的时间都没有，算得上哪门子成功？"而社会研究也发现，让男人跟女人一样休产假，比单独延长女性的产假更能维护女性在就业方面的平等权利。

有年轻女性问："到底是干得好重要，还是嫁得好重要？"我觉得这是一个伪命题，为什么你需要让自己做这道选择题？干得好，是安全与独立，嫁得好是幸福感。二者兼顾不仅是女性的梦想，也是男性的追求。问题往往出在，你向"嫁得好"要独立与安全，向"干得好"要幸福感，结果可能都会失望。

每位女性，都有自己的偶像，我的偶像是我的外婆。

2011 年我受邀主持在旧金山举行的"APEC 女性与经济"论坛，我决定用外婆的故事开始我的主持。她出生于 1911 年辛亥革命期间的浙江绍兴。幼年时，按照旧传统，女人必须缠足，而且负责执行这一残忍任务的就是她的亲生母亲。为了防止孩子扯掉裹脚布，外婆的母亲甚至用针线把布条和脚上的皮肉缝在一起！因为疼痛，外婆彻夜哀号，终于让有了一些新观念的外婆的父亲无法忍受了。他说："现在已经是民国了，大城市的女孩不再缠足，我看就算了吧。"

就这样，外婆的缠足被终止了，她有了一双半大不小的“解放脚”。而就是这双半大不小的解放脚，让她能够在 17 岁那年，为了逃离包办婚姻，半夜出逃，一路东躲西藏，风餐露宿，终于来到上海，进入一家手帕工厂做起缝纫工，后来创立家庭作坊……回头想来，一位不识几个大字的乡下女孩，要有怎样的决绝，才能克服恐惧，向一个未知世界迈出自主的脚步?

我觉得那是生命对自由的渴望。这样的勇气，就是一代又一代女性内心的动力。我的这一番开场白，引发了主旨演讲嘉宾、国际货币基金组织总裁拉加德的共鸣。她说:“澜的故事让我非常感动。女性的自由与平等，不是孤独的自我奋斗，而是一代人接一代人的接力奔跑。”

2005 年，我开始制作女性谈话节目《天下女人》，逐渐把它塑造成女性自我成长的学习与分享平台，一个包括原创视频节目、出版、教育培训、论坛与会员俱乐部的女性社区。它的英文名称是“Her Village”，意为“她的村庄”。这来源于我受到的圣雄甘地的启发，他曾说过:“无论世界有多大，它只是一个村庄；无论村庄有多小，它也是一个世界。”

女性需要彼此的鼓励和帮助，一起交流思想与情感，面对人生和环境的种种挑战，追求自我价值和社会价值。我们曾经推出“职场女性榜样”奖，又在2014年启动的“天下女人国际论坛”上，推出“女性创造力”大奖，表彰各界华人女性，如傅莹、史美伦、董明珠、杨丽萍、巩俐、郭建梅、李银河等人，并为她们制作短纪录片，在AOL（美国在线）等国际网站播出，让世界看到华人女性的非凡力量。

从此以后，女性的领导力与幸福力，成为论坛的两大主题，吸引了联合国妇女署主任、南非前副总统恩格库卡，韩国资深女议员罗卿媛，CNN前总裁派特·米歇尔等数十位演讲嘉宾。我们必须改变一种思维方式，那就是，男女平等只是女人关心的事。今天的性别平等不能总是一群女性讨论女性的问题，而应该让这成为全社会的话题。只有让男人和女人在家庭、职场和社会上成为真正的伙伴而不是对手，性别平等才有可能实现。这不是两性之间的战争，而是共建一个性别平等和包容开放的社会。于是在论坛上，王石、任志强等更多男性意见领袖的身影出现了。

2015年“天下女人”携手哥伦比亚大学巴纳德女子学院和北师大心理学院，开发“女性领导力”与“女性幸福力”课程，同时搭建中国女性与其他国家女性学习、社交的平台，以社交媒体和线下游学、培训等方式，让女性拥有“更好的自己，更好的未来”。

2014年我被《福布斯》杂志评为全球100位最具影响力的女性。当有记者问我，女性的领导力遵循的是否还是过去男性的“权力游戏”，我回答说:“领导力不是手中拥有多少军队、财富或员工，而是能否不断突破自己，同时让更多的人实现自我价值。”

有预言称，21 世纪有三种决定性的力量正在改变世界，简称三个“W”，分别是 Web（互联网）、Weather（气候）、Women（女性）。在联合国可持续发展 2030 目标中，第五项就是基本实现男女平等。“她力量”是一种尚未充分释放出来的生产力，是世界可持续发展的保障。性别平等，就是道义和文明进步本身。

一个人的幸福力

2009年,《天下女人》电视节目的年度活动，节目组选择了这样一个主题词——幸福力。

我在太多的情境下曾听到女人说，“如果有一天我遇上白马王子，我就可以幸福了”或者“如果有一天我有钱了，我就幸福了”。但是幸福真的是我们能够等到的吗？是另外一个人有义务给予我们的吗？怎样才算有钱呢？当时我们就把追求幸福的内在力量，感受、创造和分享幸福的能力命名为“幸福力”。

其实，在过去的几十年中，对幸福的追求和研究不再停留在常识或者老生常谈的泛泛之言上，而是成为全球教育学、心理学、社会学、神经医学、哲学等多个学术领域的重要课题。毕竟，幸福是人们追求的终极目标。在这方面，女性比男性更为敏锐。曾经有人做过一个关于人生目标的调查，调查结果是：男性常把成功排在第一位，而女性则把幸福放在第一位。大概是女性更接近生命的爱与智慧的缘故吧。

在央视的采访中，当被问到“你幸福吗”这个问题时，有人回答说“我姓曾”。其实这样提问是不可能得到准确答案的，每个人突然被问到这个问题时，70%的回答是基于他当时的心情。如果他恰好刚与老婆吵了一架，肯定会没好气地顶你一句：“这关你什么事！”

人们对幸福的三大误区就是：一、忽视自己已经拥有的，重视自己尚未得到的（我邻居的房子凭什么比我的大？）；二、以当下的欲望设想未来的需求（我太饿了，要是天天吃红烧肉该多好！）；三、以表面现象评判别人的幸福（这个人在车祸中断了一条腿，这辈子算完了！）。

我们到底能不能了解别人的幸福呢？庄子和惠子出游，庄子说鱼儿是多么幸福啊。惠子说，你又不是鱼，你怎么知道它们快乐？庄子反问，你又不是我，你怎么知道我不知道鱼是快乐的呢？惠子说，对啊，我不是你，所以我不能知道你的心情；你不是鱼，你也不可能知道鱼的心情啊！庄子开始狡辩了：可是你问我安知鱼之乐也，代表你是知道我知道鱼之乐的。我们看到一些人衣着光鲜，又看到一些人生活贫困，往往就以此来判断他们是否幸福。佛陀在做王子时，看到了生老病死，发出了这样的感慨："为什么人生有这样多的痛苦？"于是苦苦追寻这个世界的真理，希望摆脱轮回。现代心理学研究却给出了不同的解释：如果佛陀当时更多地和那些正经历生老病死的人交谈，就会发现，这些在他眼中痛苦的人自己却并不一定那么痛苦。一项心理学调查显示，生活在孟买贫民窟的单亲母亲的幸福指数并不比华尔街银行家的幸福指数低，有的时候甚至更高。

有人说："如果有一天，我能买下一套房子，那我就幸福了。"真的是这样吗？心理学家们曾长期追踪那些突然中了彩票，或是在意外中造成终身残疾的人，结果发现，在这些外部事件发生后的六个月内，这些人的情绪的确受到很大影响，或欣喜若狂，或沮丧痛苦。但是六个月以后，原先幸福感强的人还会快乐，原先幸福感弱的人还是不开心，外界曾经带来的冲击，对情绪的影响变小了。似乎我们每个人都有一个"情绪原点"，不管我们曾遭遇怎样的大喜大悲，随着时间的流逝，我们最终还是会回归到这个原点。

我们常常夸大物质对于幸福的重要性。的确，在人从贫困走向小康的过程中，收入每增加一分，幸福感就增加一分，呈正比例增长；但当收入到达一个临界点（比如在美国是年均收入 7.5 万美元）之后，收入的增加与幸福感的上升就不一定成正比了，套用一个经济学术语，就是“边际贡献率下降”。

什么是幸福？古今中外哲人们都展现了他们的智慧来回答这个问题。亚里士多德说幸福就是本身的意义，幸福是过有德行的生活。老子说“民各甘其食，美其服，安其俗，乐其业”，知足常乐，这就是幸福。萧伯纳说：“生活的喜悦就是为了源自真我的目标实现而奋斗的感觉。”而马斯洛的理论则把人的需求分为五个不同的层次，第一层次是生存，第二层次是安全，第三层次是爱和归属，第四层次是尊重，最高一个层次是自我实现。今天中国社会对于幸福的探讨，正是因为中国社会作为一个整体，已经满足了生存和安全的基本需求，进入了一个更高的精神情感的追求阶段，那就是对于爱、对于归属、对于尊重以及对于个体生命自我实现的追求。从这个意义来说，今天国人对于幸福的种种困惑和痛苦恰恰是一种进步。毕竟，国民幸福指数的上升是一个国家发展真正的意义。诺贝尔经济学奖得主约瑟夫·斯蒂格利茨说：“GDP 只是测量我们奔跑的速度，却没有告诉我们为什么要奔跑。”于是他领导一批学者研究出一套能够衡量国民幸福指数的参数，涉及人均寿命、教育程度、医疗保障、贫富差距的缩小以及经济和环境可持续地发展。

一个人的幸福力的觉醒是从对自身的了解开始的。心理学家发现，虽然我们大多数人认为自己是理性的动物，但其实，我们人类更像是一种感情的动物。如果把理性比喻为一个人，那么情绪就是一头大象。当大象横冲直撞发怒发飙的时候，一个人是很难让它平静下来的。在我们的大脑当中有一个地方是我们的情感中枢，即杏仁核，它以最快最强烈的方式告诉我们应该搏斗还是逃走。在远古时代，人类的祖先面对一头狮子的时候，正是依靠这种最直接的生理反应才得以生存下来。前额叶皮层负责我们对外部世界的感知和认知，这是一个相对理性地进行信息处理的部位。而海马体则是大脑中储存记忆的地方。通过对人类大脑的研究，科学家获得了三个重要发现：一、情绪比理性反应速度快；二、人对痛苦比对快乐敏感；三、情绪反应模式的脑电波回路可以改变，也就是说，头脑是可以被训练的，这就是神经可塑性（Neuroplasticity）。在伦敦做出租车司机，要考一个牌照是非常不容易的，他需要记住25000条道路。科学家发现他们的海马体普遍比正常人大一些，负责记忆的部分得以加强。脑神经科学把这一过程称为“硬连线”（Hardwiring）。

我们的身体也有一套密码渴望着我们去倾听。当我们去医院看病，往往是我们的身体已经出现了疾病。但是在此之前是器官组织的病变，组织病变之前是细胞的病变，细胞病变之前是体内生物化学反应的变化，再往前推就是情绪的困扰，情绪的困扰又常常被追溯到人际关系的紧张和冲突。我们常常会因为情感、人际关系产生困扰，我们的身体则会对应产生一系列的生理反应，我们的免疫系统和内分泌系统、血液循环的速度，甚至肌肉的紧张程度都会随着我们的情绪发生变化。情绪平稳愉快的人通常更健康，寿命更长，甚至在同样的环境中，他们得感冒的概率都会大大下降，当然，他们的幸福感也会更强。如果你想预测 10 年之后自己是否幸福，不用看银行存款的多少或者职位的高低，你要看的是自己是否与身边的人具有紧密的、平等的、相互支持和共同成长的情感关系，没有什么能比这个更好地预测一个人在 10 年后、20 年后乃至终生的幸福感。哈佛大学的研究表明，能在 30 岁以前找到“真爱”——无论是爱情、亲情还是友情，可以大大增加人生幸福的概率，因为“爱”直接影响一个人的“应对机制”。

环境与文化也有它的幸福密码。中国古代有风水的说法，其实就是研究环境对人的情绪以及人际关系的影响。我们发现，环境和文化不仅会影响个人的情绪，而且会影响这个环境当中人和人交往、沟通的方式，从而影响了组织的绩效。对幸福力的研究不仅仅会对个人生活产生影响，它还成为美国西点军校和很多大型企业和组织必修的课程。我曾经去过前纽约市长布隆伯格的办公室，那是个全部开放的办公空间，市长无论接见什么人，宾主双方都坐在咖啡座上，全办公室的人都能看得见。他说在他当市长之前，纽约市长的办公室是谣言集散地。他做了市长以后，决定把办公室的门打开，秘书们就坐在办公大厅里工作，其他人员的办公桌围成一圈。这样的环境下信息是非常透明和公开的，谁来见市长、谈了多长时间大家都知道，于是从纽约市长办公室传出来的谣言大大减少了。环境可以改变人们的组织行为。

到底是什么塑造了我们的幸福？加利福尼亚大学心理学教授桑雅·吕波密斯基（Sonja Lyubomirsky）研究得到的结论是，50% 来自基因遗传，10% 来自环境，40% 来自有意识的选择。也就是说，我们的选择不仅决定了自己的幸福，还会变成遗传的代码传到下一代的身体当中，深度影响孩子的基因，同时影响他们成长的环境，对成就他们一生幸福甚至起着决定性作用。幸福不是一蹴而就、一劳永逸的事情，它是一个动态的过程，也是一个学习的过程。有的人会说，是不是无欲无求、没有痛苦就是得到幸福了？错，幸福不是没有痛苦，而是学会和痛苦相识、相处，不断地平衡、不断地发展。

当我们问“你幸福吗？”，其实这是一个无效的提问，因为每个人对幸福的理解不同。但如果问“怎样才能更幸福？”，我们往往能够得到一些更有意义的答案。怎样才能更幸福？心理学之父马丁·塞利格曼总结出来的获得幸福感的五大要素得到了广泛的认同：第一是愉快的情绪，可以来自吃了一道美味的菜肴，或者是欣赏了一片美丽的枫叶，或者闻到了一种美妙香水的味道，但这类愉悦的情绪并不会持续太长时间；第二是兴趣和爱好，如果一些兴趣爱好足以让你忘我地投入并陶醉其中，那么你的幸福感就会大大增加；第三是成就感，当你白手起家，把企业做到了某个程度的时候一定会有成就感，但是这种成就感给你带来的幸福的边际效应有可能是递减的；第四是良好的人际关系，健康的、亲密的、相互支持和共同成长的人际关系是一个人幸福最好的保障；第五是价值感，这就到达了自我实现的高度：你认为自己的人生有意义吗？你认为你的存在能够受到别人的认同和尊重吗？能为社会做出贡献吗？

幸福不是一次行为，而是一种习惯，而习惯是可以养成的。王尔德说："一开始是我们塑造了习惯，然后习惯就塑造了我们。"我们该怎样养成自己的"幸福习惯"？以下是我们可以采取的行动：①问自己，如果你的人生只有一年，你会怎么做？我采访李开复先生的时候，他对我说，他是在得知患了癌症，要准备遗书时，才真切感到以往陪伴家人时间太少，而他们才是自己生命中最重要的人。②静观（Mindfulness）是一种让人安静下来的方法，关注自己的呼吸和存在，从而改变自己的脑电波回路和情绪反应模式。③学会赞美和感恩，每天写下让你开心的五件事，三个月之后幸福感会大大改变。④建立你的“幸福董事会”，数一数对你的幸福起最关键作用的人，虽然你的电话本里有几百个人、上千个人，但是跟你的幸福直接相关的人不会超过 20 个，请好好地给予他们时间和陪伴。⑤向镜子中的自己微笑。谁能总是亢奋和快乐的呢？当你感到挫败、情绪低落的时候，给自己一点心理暗示也是保持幸福的良好方式。

对应中文“幸福”这个词，英语中有三个不同的单词，可以帮助我们更好地理解“幸福”的不同层面。Happiness 是一种情绪，Well-being 是一种状态，Flourishing 是一种过程。发现幸福，理解幸福，学习幸福，我们每一个人都可以有这样的自我期许：人生繁盛，让生命美丽绽放。

总有一种力量引领我们向上

社会上有形形色色的补习班、兴趣班，我只为自己的孩子选两种：艺术和体育。因为孩子情感和身体的成长往往是学校的课程设置不足的部分，而这对于一个人的全面成长，特别是人格塑造，又太重要了。

在体育活动中，孩子增强了体质、体能，同时锻炼意志，培养公平竞争、团队协作的精神；而艺术，则能开拓他们的眼界，让他们更善于观察、想象、表达、创造，拥有丰富的精神世界。方向是对的，但我曾经忘记了：兴趣才是最好的老师。

儿子5岁时，我逼他学钢琴，我们两个人都经历了苦不堪言的几年。记得儿子7岁时，我和老公带他去奥地利的萨尔茨堡音乐节。在莫扎特的故乡，音乐节是一年一度的盛典，不仅需要提前一年预订演出票，而且需要正装出席。于是提前3个月，我就带儿子去西装店定制礼服。看着他穿上合体的黑色礼服，扎上领结，穿上新皮鞋，露出缺了两颗门牙的调皮笑容，我感觉好有面子。只是，我严重低估了一场两个小时的音乐会对孩子的考验。音乐会开始20分钟后，儿子开始来回挪屁股，他坐不住了。我低声提醒他，然后威胁他，让他坐着不许动。他痛苦又顺从地看了看我，紧咬嘴唇，似乎动用了邱少云一不怕苦、二不怕死的精神鼓励自己。中场休息时，他苦恼地告诉我，鞋子夹脚不舒服，我说妈妈也没办法，你再忍忍吧。结果孩子真的不吵不闹地听完了整场音乐会！结束后回酒店的路上，我问他从刚才的音乐里听到了什么，他说："很多的大象在痛苦中奔跑……"我既内疚又心疼，深知作为母亲，我还是脱离不了拔苗助长的虚荣心，一厢情愿地让孩子受了一回罪。直到有一天，儿子说："妈妈，我想把钢琴砸了。"我才意识到不能把自己的意愿强加在孩子身上。我们两个经过谈判决定，他只要通过钢琴4级考试，就可以自己选择是否继续练钢琴。他果然以优秀成绩通过了考试，从此不再摸钢琴。我好心酸啊，只好安慰自己说，总有一天他能触摸琴键，找到音乐的快乐。

上了中学以后，他倒是成天戴着耳机听音乐，有时还慷慨地与我分享——敢情人家喜欢上的是电子乐！再回想他小时候，虽然对钢琴不感冒，但是对画画一直情有独钟，可以一坐好几个小时都不带挪地方的，而且对线条、色彩非常敏感。到了高中，遇上不错的艺术老师，又加上他的勤奋和天赋，他的画作被选为高中生代表作品，在当代美术馆和 798 的画廊里展出。还有美国的艺术大学因为看到他的作品而主动提出录取他并发放奖学金。这真是柳暗花明又一村。

有一次我不经意间整理儿子的作文本，发现他有一篇文章是写自己爱上绘画的原因。

“记得有一个春天的下午，阳光照进房间，柔和又温暖。我看见妈妈坐在窗边，正在画布上涂抹油彩，写生院子里一棵开满花的海棠树。妈妈那时肚子里怀着妹妹。她自然又专注的神情让我觉得很美。我想，画画应该是件很美妙的事吧。”读着这篇作文，我才意识到，孩子观察的是父母的行为，而不是说教，同时也为自己能在潜移默化中影响到孩子对美术的喜爱而沾沾自喜。

正被自己感动着的时候，儿子在身后出现了。他不好意思地一把抢过作业本，还不忘摆平我的心态：“老妈，别太当真。嘻嘻，你知道的，写作文总会有点夸张。”

艺术发展到今天，边界已日渐模糊，不过还是可以说，它是以审美的方式（虽然有时表现的是丑甚至污秽，但还是审美范畴）来表达对人性和世界真相的理解。除了对个人想象力、创造力的培养，艺术也有着社会功能。美国洛杉矶爱乐乐团的首席指挥古斯塔夫·杜达梅尔，每次重要的演出之后，都会请上台一位宛若他的祖父的慈祥老人，这位老人叫荷塞·安东尼·阿布雷乌，他目睹加拉加斯街头十几岁的孩子贩卖毒品，或者加入黑帮，就决定用音乐的力量帮助他们改变命运。他一手创办了委内瑞拉青少年音乐救助计划，免费教孩子学乐器，并为他们组建乐队。杜达梅尔就是其中的一个孩子。他说："艺术给我带来精神的富足，让我提高自尊和自信，能够抵抗外界的压力，而且让我和小伙伴们学会作为一个团队合作，和谐相处。"

如今，这一音乐救助计划已经惠及近80万贫困青少年。功成名就的杜达梅尔，在林肯中心全球文化交流论坛上，介绍了他在洛杉矶爱乐乐团选拔演奏员时的"盲听"做法。为了保证选拔的公正，他请评委们只听音乐而不能与演奏者见面，确保演奏者的种族、年龄、外貌都不会影响他们对其音乐能力的判断。甚至，为了不造成男女性别歧视，他还要求在地板上铺上厚地毯，从而无法区分走路时女士高跟鞋和男士鞋发出的不同声响。音乐是人的权利，而非特权。在艺术面前，每一个灵魂都是平等的。

秉承同样的理念，阳光文化基金会从2007年开始实施“阳光下成长”艺术教育公益项目。当年我们就与中央芭蕾舞团合作，支持北京两所工读学校的60个孩子接受舞蹈培训，并且在新年前夜，让他们与芭蕾舞大师们同台演出。这些人们眼中的“问题少年”，第一次和我见面只用眼角看人，眼神里充满叛逆和不屑。但是我看到的是，每个女孩的心里都有一只白天鹅，每个男孩的心里都住着一位王子。孩子们渴望的是尊重和爱，还有展现自己的机会。在艰苦的排练中，他们学会用汗水和努力达成目标。而他们之间的关系，也从一言不合就拳脚相加，到懂得团队配合，相互协调。记得在正式演出那天，1000多人的剧场座无虚席，孩子们把自己的家长和老师、同学都请来了。那位报幕的女孩在台上激动地说：“爸爸妈妈，我很高兴你们今天都能来看我的演出。我只想对你们说，你们的女儿不是坏孩子。”就在那天演出后，我到后台去祝贺孩子们，他们给了我大大的拥抱，几个最调皮的男生，还非常绅士地每人递给我一枝玫瑰花，然后害羞地跑掉。这次公益活动之后，我们逐渐把目光转移到在北京的打工子弟身上。

仅仅在北京，就有40余万打工子弟，因为没有学籍，父母的工作又是临时性的，所以他们每隔几年就会换一个城市，或者回到老家上学，成为留守儿童。他们大多居住在城中村，那是外来务工人员聚集的社区，周围的环境嘈杂、脏乱，学校的硬件条件和师资条件都远不如城里。这些孩子的父母多是建筑工人、小摊小贩、送快递的，他们早出晚归，一天跟孩子也说不上几句话。自卑、孤独、不安常常伴随着这些孩子。但是孩子们有着多么丰富的内心需要表达啊！那远去的村庄、疼爱自己的爷爷奶奶、对未来的种种梦想……从这以后，“阳光下成长”项目主要面向打工子弟等缺少教育资源的青少年，为他们提供经费、设施和师资培训，还成立了“阳光少年艺术团”，开展“阳光艺术之旅”等观摩活动，惠及北京 54 所打工子弟学校 4 万余学生。“人的价值，没有贫富，只有丰富”，是我们的口号。让我最感动的，是艺术成为孩子和家长之间的情感纽带。一位在北京以拉板车为生的父亲告诉我：“我每天早出晚归，跟孩子说不上几句话。今年我过生日时，孩子搬出吉他，给我演奏了一曲《生日歌》，我的眼泪啊，忍不住就流下来了。”我对这些孩子说：“不管什么时候，你搬去什么地方，艺术都是你最好的朋友，陪伴在你左右。你开心了，悲伤了，都可以通过它，画出来，唱出来。”而孩子的回答让我吃了一惊：“艺术，就是我灵魂的声音。”

艺术不但沟通着情感，而且还有神奇的治愈功能。医学界发现，四肢颤抖、行走不便的帕金森病患者，竟然可以随着音乐舞蹈！大脑有着奇妙的能力，即使受到帕金森病的困扰，还是能够感知音乐的节奏，并指挥身体的律动。当我看到十几位帕金森病患者，连走路都需要人搀扶，却可以在舞台上完成相对整齐的舞蹈动作时，那种心灵的震撼，竟无法用语言表达。

艺术始于语言终结处。此时，只有艺术，才能表达我们内心的感受。

猜猜谁来吃晚餐

2010年9月29日下午2点，北京拉斐特城堡酒店大宴会厅门口，我又飞快地整理了一遍手卡，上面写着四个要点，分别是“财富对你的意义”“慈善对家庭的影响”“如何衡量慈善的社会效益”“如何运用商业经验做好慈善”。每个要点下又有三个小话题——这，就是等一会儿我与比尔·盖茨和沃伦·巴菲特，以及68位中国企业家、慈善家们将要讨论的问题。

阳光文化基金会的同事匆匆跑过来，告诉我嘉宾的到达情况："余彭年、柳传志、王石、马云、李彦宏、李连杰、曹德旺、张朝阳、潘石屹夫妇、王传福……都已经到了。现在比较麻烦的是，太多记者想方设法要进来。"

"不是已经说了这是私人聚会，不对媒体开放吗？"

"那也架不住媒体有兴趣啊！这两天网上到处是'猜猜谁来赴巴比晚宴''中国富豪被逼捐'的标题，现在酒店大门外有300多位记者。刚才有几位记者试图伪装成饭店服务生，从厨房、酒窖进入会场，还有冒充嘉宾助理、嘉宾亲属的，以及买通了园丁，试图划船从池塘那边过来的，我们和盖茨基金会的人只有在这里挡驾了。不过盖茨基金会的人说，还好我们把地址选在了郊外，如果去了城里的酒店，还不定有多少人来看热闹呢！"

比尔·盖茨和巴菲特2010年发起的"Giving Pledge"（捐赠承诺计划），是号召美国和世界各地的富豪承诺在身后捐出不少于身家一半的财富，回馈社会公益事业。盖茨本人当然以身作则，与妻子梅琳达在2010年成立基金会，并向基金会捐赠28亿美元（他们承诺最终会把500多亿美元资产的绝大部分捐赠给基金会）。盖茨通过私人晚宴形式跟美国高净值人士交流慈善理念，已经获得193位财富人士和家庭签署文件，加入"Giving Pledge"，捐赠总额高达6000亿美元。沃伦·巴菲特承诺向比尔·盖茨基金会捐赠300亿美元，成为盖茨慈善事业的坚定支持者。印度、南非的超级富豪也积极响应，不过在欧洲却遭冷遇。欧洲大家族有世袭传统，做事低调，且欧洲各国的社会教育医疗等福利系统比较完善，所以慈善组织的数量和从业人口，都不及美国发达。这时，激情洋溢的盖茨把目光投向了中国新兴的财富人群。

2009年11月，我和吴征受邀在北京的一家饭店与比尔·盖茨吃晚饭。席间我们谈到各自的慈善理念和项目，都认为应该在这一领域加强国际交流，让慈善家和有意做慈善的人充分沟通，并且把丰富的商业管理经验引入慈善领域，增强慈善投入的效率。

当时阳光文化基金会资助哈佛大学和北京大学做了三年的慈善机构高层管理人员培训，也开展了针对打工子弟的艺术教育项目。我也向他介绍了中国慈善传统和慈善环境、创业人群的心理等，认为中国慈善必须建立一个健康的生态体系，我把它称为“热带雨林式的慈善”，让各种类型、不同规模和具有不同服务对象的慈善组织充分发育并彼此合作。在社会动员方面，我们也应该超越灾难应急、情感冲动式的筹款模式，使之长期稳定，理性成长，成为更多人的生活方式。同时要提升专业人士的能力建设，提高慈善效率和社会效益。他问我能否在中国搞“Giving Pledge”，我认为有三点不合适：一是中国人不乏爱心，但慈善立法没有到位，民间捐赠，除非捐给官方背景的基金会，否则很难有税收优惠；二是存在“把钱捐给谁”的问题，官方背景基金会效率比较低，透明度不高，而民间非营利组织少而小，不像美国有大量运作成熟的基金会；三是中国社会历经百年动荡，处于财富积累的初期，社会普遍对一些财富人士的“第一桶金”充满质疑，“露富”是非常敏感和忌讳的话题，有时捐钱反而惹来争议。因此，如果他想来中国做活动，一定不可以是居高临下的“倡导”，也最好不要涉及具体捐款数字，而是平等探讨慈善理念和方法，能让中国企业家群体开始认真思考这一问题就是社会进步。盖茨听了，频频点头，也若有所思。

2010 年 5 月，阳光文化基金会举办了一个名为“从成功到卓越”的慈善家沙龙，牛根生、李亚鹏等 20 多位企业家、慈善家到场分享慈善经验，北京大学和美国哥伦比亚大学的教授进行了主题讲座。我事先邀请盖茨参加，他回信说，5 月份的时间安排不开，但希望 9 月份一起做一个针对慈善家的活动，还可以把巴菲特也请来。我们一拍即合，于是开展了“巴比晚宴”的筹备工作。

在我看来，盖茨有着一位工程师的较真和敏锐，言语中几乎没有一句废话。他常说自己是一位“不耐烦的乐观主义者”，因为世界改变的步伐太慢而焦急。而当巴菲特站在我面前时，他更像是一位慈祥的爷爷，温暖的笑容，专注的倾听，仿佛可以洞察人心。盖茨聪明，在于他把个人财富捐献出来成立了基金会；巴菲特聪明，在于他知道自己未必是最棒的公益机构的运营者，而选择把财富捐给盖茨基金会。他们深知金钱是双刃剑，既可以团结家庭，也可以割裂家庭，既可以成就孩子，也可以毁了孩子，所以决定“Give children enough money to do anything, but not enough to do nothing.”（留给孩子足够的钱去做他们想做的事，但不能多到他们可以什么也不做。）那么就把晚宴的主题定为“Smart Giving”（聪明的捐赠）吧。

讨论开始了，我与他们两位在台上访谈，其他嘉宾围坐在8张圆桌上发言互动。巴菲特首先分享他的主张：“你们在座的大多数人都比我年轻。不要等到即将离开这个世界的时候才想起做慈善，要在思路清晰、精力旺盛的时候就做。我们能给孩子们留下的最长久的遗产是回馈社会的精神价值。”盖茨则分享了他在非洲公共健康领域的经验：“慈善不是写支票那么简单。比捐钱更重要的，是用商业的经验建立一种联动机制，比如在公共健康领域就要创造市场，让医药公司有合理利润，让当地医生能深入到每个乡村，还要让接受资助的人有动力和能力进行管理。这才是有效的慈善。”中国企业家们也开始发言。事先为了让大家能够畅所欲言，盖茨坚持不让媒体进入。柳传志先生就站起来提出了不同意见。他说：“其实今天的活动对普及慈善理念是很好的机会，不应该这么神秘。”潘石屹、张欣夫妇马上附和，他们俩其实一直在发微博呢！（2014年，他们发起SOHO中国助学金计划，拿出1亿美元设立助学金，帮助中国贫困家庭子女就读美国一流大学。这当然是出自他们的爱心和教育理念，不过他们也把参加“巴比晚宴”作为他们慈善历程的一个重要节点。）张朝阳提出中国慈善的税收环境不佳，前财政部长金人庆起身说这种情况正在改变，他任职期间就把企业捐款最高免税额从年利润的4%提高到12%。马云认为做安全优质的产品，依法纳税，提供就业岗位和创业机会，就是企业社会责任感的体现。中国存在的问题不是不想捐，而是法律不健全、慈善机构不透明。此时有人站起来，表示不能只是被动等待，在公益领域和社会治理层面，企业家也要积极参与，推动慈善立法。

王石后来对我说，那天的活动大家虽然没有直接承诺捐钱，但盖茨和巴菲特的诚恳态度和对于慈善的思考，给与会者很大启发，让很多人从更长远的角度看待慈善。盖茨和巴菲特则对我说，他们觉得那天信息量很大，让他们对中国的企业家和慈善环境有了很多新的认识。在第二天的新闻发布会上，他们也强调“这是一次学习之旅”。第二年，我组织了十几位中国慈善家到美国，与洛克菲勒家族、克林顿基金会、特殊奥林匹克基金会、Synergos慈善家联合会等进行交流。在接下来的几年中，中国出现了2000多家企业和家族基金会。2015年11月，由盖茨基金会和中国本土企业联合捐资成立的“深圳国际公益学院”

诞生，使公益人才的培养、公益理论的研究与中外交流，进入了一个新的阶段。同时在这一年，《慈善法》进入全国人大审议环节，有望在2016年颁布！

不过巴比晚宴还发生了一件让人头疼的事。讨论结束后的酒会上，我正忙着给盖茨和巴菲特介绍中国慈善家和他们的公益项目，一位中国企业家把我拉到一边，说："杨澜，帮我介绍跟巴菲特认识一下好吗？我的公司快上市了，如果他能投资，那我的股票就飞起来了！"我没好气地回了他一句："大家都在这儿谈慈善的事，你说股票的事，合适吗？"他还没反应过来："有什么不合适的？有钱一块儿赚嘛！"气得我瞪了他一眼，转身就走。遇上这种事，还真让人上火。

从蒙特卡洛到吉隆坡

1993，2001，2015

2015年7月31日上午11点半，马来西亚吉隆坡国际会展中心301房间里，北京申办2022年冬季奥运会陈述组成员聚集。此时离向国际奥委会第128次全会陈述还有15分钟，空气中压力无形地弥漫着。

“紧张吗？”有人问。能不紧张吗？多少人的期待能否实现，多少人的努力能否得到回报，就看今天最后一搏。

历史性的机遇，三四十年就这么一回。对手虽然只有一个，但谁也不敢说胜券在握，甚至对方的哀兵战术已经在部分奥委会委员中间发酵了……大部分委员此时应该已经决定了把自己的一票投给谁，那些还没拿定主意的人，往往将决定天平最终向何方倾斜，而他们恐怕要看到双方的最后陈述后才会下定决心。

“一定不能在自己的环节上失分。”我在心里对自己说。

这时姚明低声嘟囔说：“今天我怎么感觉好像是第一次打国际大赛啊？”

刘延东副总理说：“多少还是有点儿紧张。我得有40年没说英语了。”

这时候就得相互打气。我对他们说：“最打动人心的不是完美的语言，而是陈述人的态度。你们往那儿一站，90分就有了！”陈述组年龄最小的李妮娜，是自由式滑雪空中技巧项目的世界冠军，这时冷不丁迸出一句带着浓厚东北味儿的话，把大家说乐了：“嗨，多大点事儿啊！又没有生命危险！”

想想她每次比赛时要在离地面十几米的高空，完成转体四周之类的惊险动作，然后降落在坚硬的雪道上，还真是有一定的生命危险！每逢大事有静气，该准备的都已经反复练习，此时与其患得患失，不如放手一搏。

我感到心里有一股力量从内向外，顶开了从外向内的压力，甚至有一种跃跃欲试的兴奋感。

门外，100多位北京代表团成员一边鼓掌一边喊着“北京，北京！”；窗外，可以看到数百位华侨和留学生拉着“祝北京申办冬奥会成功”的横幅欢呼，那些年轻的面孔多么热切。

这次北京联合张家口申办2022年冬奥会，可谓暗流涌动、情势复杂。一开始有挪威、波兰、瑞典、乌克兰等国家的城市参与申办，中国北京似乎不占什么优势。但在有关索契冬奥会花费500亿美元的消息传出后，这几个申办方先后退出，只剩下北京和阿拉木图。不少中国人从没听说过“阿拉木图”这个城市，认为北京“那还不十拿九稳”，其实并不尽然。在冬奥会历史上奥委会常会选择一些“冰雪小镇”，比如普莱西德湖举办1980年冬奥会，因其常住居民只有2000多人！早在苏联时代，阿拉木图就是滑雪胜地，它的天然降雪远超北京与张家口，空气质量也肯定比深受雾霾之苦的北京强。而且它曾多次申办冬奥会，“诚心可嘉”，赢得不少国际冬奥会委员的好感。它的申办报告中，赛事安排地点相对紧凑，而北京—延庆—张家口毕竟要面对三地赛场，让部分委员心存疑虑。近些年中国发展势头好，承办了夏奥会、青奥会，再接着办冬奥，也让有些人不服气：“好事儿还都让你们赶上了！”

国际奥委会中，个人委员占很大比例，投票不受本国政府的影响。再加上国际政治局势的复杂性，这场竞争鹿死谁手，还真没人敢打包票！

看得出，这次北京冬奥申委上上下下大家都蛮拼的。首先是强化北京在综合实力、赛事组织经验方面的优势，还有现有场馆的充分利用，然后打出京津冀协同发展、治理环境和三亿人上冰雪的好牌。工作人员节假日不休息，熬夜加班已是常态，中外专家顾问对陈述稿的打磨到了咬文嚼字的程度，大家甚至为选一张图片而争得脸红脖子粗。王安顺市长和刘鹏局长在排练中的出勤率是最高的！于再清、李玲蔚、杨扬这三位国际奥委会中国委员更是要利用各种机会向其他委员介绍北京优势，即使杨扬有孕在身，也马不停蹄地在各地出行。而刘延东副总理不仅“抓大”，也不放过细节，代表团团服的颜色、款式，展示厅的布置陈设，她都一一过问……最让人惊艳的是，在抵达吉隆坡后举行第一次彩排时，她突然开口说起了英语！我们都探出身去，相互张望，似乎在说：“我没听错吧。”

时代在变，国际奥委会也在变。

与 2015 年国际足联 FIFA 的多名高管接受腐败调查相比，国际奥委会的自身改革先行了一步。盐湖城丑闻发生之后，国际奥委会成立了道德委员会，并且规定除考察团外，不允许委员单独到申办城市访问。巴赫担任主席以后，又推动了“2020 议程”，把可持续发展、节俭办赛、问责制和以青年为中心，列为国际奥委会的新纲领。而北京申办冬奥会的三大理念“可持续发展、节俭办赛、以运动为核心”正呼应了这一议程的改革方向。

为了让委员们在正式投票前更好地了解申报城市的情况，除派遣考察团外，国际奥委会在最终陈述前增加了闭门技术陈述与问答环节。在 8 位陈述人中我大概是进入最晚的一位，直到 4 月下旬我才接到担任陈述人的通知，职务是北京 2022 年冬奥申委总体策划及法律事务部副部长。

2015 年 6 月 9 日，北京申办 2022 年冬奥会代表团在瑞士洛桑向国际奥委会委员和世界单项运动组织代表进行技术陈述。我负责赛事服务这一部分，包括住宿、交通、医疗、保安、媒体、志愿服务等内容，除了陈述外，凡涉及以上问题的，都由我来作答。为了心里有底，冬奥申委总体策划及法律事务部的同事陪我去了延庆、张家口崇礼等地了解场地、酒店、医院和交通，案头需要准备的问题有 100 多道。我们的策划团队估计，国际奥委会委员很可能就三个赛区之间的交通问题提问，比如正在修建的高铁何时完工，未来三个赛区之间的交通分别需要多少时间，从高铁站到奥运村各需要多少时间，媒体能否在高铁上工作，医疗急救如何进行，三条高速路哪条有“奥运专道”，残疾人运动员无障碍交通如何保障，如何应对北京市内交通拥堵和春运需求等等。老外也知道“春运”？嘿，这些老外可是多次来过北京的，有人甚至是中国通。

真是有备无患，在洛桑回答国际奥委会委员即兴提问时，13个问题中有5个集中在我负责的领域。其中关于高峰期高铁列车每隔多少时间发一次，以及高铁每列有几节车厢的问题，是我们在前一天的演练中刚刚核对过的！（冷汗）当担任主持人的国际奥委会副主席于再清说“这个问题请杨女士回答……这个问题，还是请杨女士回答……”，我开玩笑说：“哈哈，看来今天是我的幸运日！”委员们都笑了，会场气氛轻松起来。有的委员甚至问“我们坐普通出租车能不能用奥运专道？”这哪能随便答应啊！我只有向他保证，给委员们配备的专属用车一定能满足他的需求。他旁边的另一位委员用胳膊肘捅捅他，那表情似乎是在说：“你问的这算哪门子问题啊！”

这是我第三次参加北京申奥。

说实话，我没有想到自己竟然有机会再次成为北京申奥的陈述人，2001年是代表北京申办2008年夏季奥运会，而这一次是申办2022年冬奥会。想想我既非体育健将，也非体育产业中人，作为一个媒体人，与奥运结下不解之缘，说到底，是因为申办和举办奥运会，已经成为中国不断开放、融入世界的鲜明标志，其意义远远超出体育范畴，而讲好“中国故事”正是传媒人的职责所在。这就是我遇到了“大时代”吧。

1993 年我在央视主持《正大综艺》，因为用中英文主持奥林匹克知识大赛等活动受到肯定，从而受邀随团前往蒙特卡洛担任申奥陈述的直播主持人。奥申委还通知我做好准备，如果申奥成功，就在当地主持庆功招待会。当时大家普遍很乐观，去的飞机上，还有人神秘地跟我说："某某气功大师已经测过了，说是马到成功！"

然而，在蒙特卡洛的一周时间里，我的情感和观念受到了强烈的冲击。

我看到中国人的表达方式与国际社会视角的巨大反差，但又无能为力。比如正当欧洲报纸讽刺中国人善于搞人海战术、劳民伤财的时候，国内又传来一万人上长城的申奥呼声；张百发副市长在接受西方媒体采访时说的话被断章取义，第二天的头条就成了“北京如果申奥失败将抵制亚特兰大”！在申办城市市长的联合新闻发布会上，北京市长面对咄咄逼人的记者提出的刁钻问题，说："这个问题嘛，我们会后谈谈。"场下记者们一阵哄笑。最要命的是，当时国内一片高涨的情绪和必胜的乐观，完全感受不到第一线的复杂情势。

那天当萨马兰奇宣布结果时，我和宋世雄老师就坐在俯看会议厅的直播室里。后来我听说，他刚说到“感谢北京……参与申办”，国内电视机前的观众就有很多人欢呼起来，以为已经获胜。而萨马兰奇接着宣布“获胜者只有一个，那就是——悉尼”。于是，就在我的眼前，悉尼代表团一下子跳起来，欢呼拥抱，而北京代表团的背影几乎凝固了。

在回国的航班上，我们都默不作声，气氛特别压抑。这时面容憔悴的何振梁先生走到经济舱，与每位团员握手，感谢大家的努力。他对我说：“杨澜，对不起啊，是我的工作没做好，让你白跑一趟。”我再也忍不住泪水，只知道说：“您别太难过，我们一定还会有机会的。”

这件事给了我很大刺激，让我深深感到自己对世界所知甚少。回国后，我下决心辞去中央电视台的工作，出国留学。在未来的种种不确定中，我能够确定的是，我不要年纪轻轻就坐井观天，我要去认识这个世界！满怀忐忑，我迈出人生重要一步，进入美国哥伦比亚大学成为国际传媒研究生。

2001 年春节前，我接到北京奥申委的邀请，出任申奥大使，并参加陈述。那时我住在上海，刚生了女儿不久，正在休产假，但我没有一秒钟犹豫就答应到北京去做筹备工作。真是念念不忘，终有回响吧。到现在，我的女儿还说：“为了申奥，你给我提前断了奶，这是不是也算我做出的贡献啊？”

2001 年 7 月 13 日，在莫斯科举办的国际奥委会第 112 次全会上，北京准备进行申办 2008 年夏季奥运会的最后陈述。北京的竞争对手是伦敦、巴黎、多伦多、大阪和伊斯坦布尔，强手如云啊。我们的陈述被安排在下午，上午我们坐在饭店的会议室一起看其他城市的陈述，嘴上不说，心里压力很大。我问邓亚萍每次大赛前怎么做心理建设，她用一贯的干脆风格说："怕输容易紧张，想赢就不紧张。"

中午我们各自准备。据随团的理发师后来说，那天中午他先是见到刘淇市长，一边请理发师吹着头发，一边冲着镜子念念有词。一会儿，李岚清副总理来了，市长不出声了，副总理开始冲着镜子念念有词。其实这时候，我们几位陈述人都在自己的房间里念念有词着。

对我个人而言，这已不是输赢的问题，而是 1993 年埋下的一个心结。

我陈述的主题是奥运文化与教育。在撰稿的时候我提出在结尾加上这样一段话："700 年以前，当马可·波罗即将离世之际，人们问他，你描绘的那个东方神奇国度的故事到底是不是真的？马可·波罗回答说，我告诉你们的，不足我看到的一半。今天我能在这里向诸位展示的，只不过是北京的一部分。它期待着大家亲自来发现！"那天陈述到这里时，我感觉这些话在我心里已经憋了很久，不吐不快。至于紧张的事，早就抛到九霄云外了。

而我至今不能忘怀的，是何振梁先生的结束语："女士们，先生们，今天你们做出的任何决定都将被载入史册，但是有一个决定可以创造历史！”他的这段话在奥委会成员感情的天平上为北京加上了最后一块砝码……

谁能忘记那天夜里，沸腾的天安门，无眠的北京？而我们在莫斯科中国大使馆里，尽情流淌着快乐的泪水。

国际奥委会100多位委员中，有40位左右是欧洲委员。自法国人顾拜旦创办现代奥运会以来，这项国际赛事就具有浓重的欧洲印记，英、法两种语言是它的官方语言。其中，法语的地位更优先，而国际奥委会全球总部所在地洛桑，就属于瑞士的法语区。上一次北京申奥时，担任北京陈述主持的是时任国际奥委会副主席的何振梁先生。他学法语出身，英语也很棒，所以在主持时可以自如地切换两种语言。离这一次申办冬奥会的陈述还有一个月的时候，大伙儿才发现陈述人中没有说法语的。为了表示对奥委会官方语言的尊重，也拉近与欧洲委员和部分非洲委员的心理距离，领导小组征求我的意见，能不能在我的陈述部分加入法语。

我的脑袋嗡的一下，法语我没学过，万一说得不好，不是弄巧成拙吗！但情势逼人，只能硬着头皮试试。

北大法语学院的董强教授热心帮忙，给我讲解法语的一些发音难点，比如“r”的小舌音，比如前一个单词结尾的辅音与后一个单词开头的元音连读的规矩等，还通过录音用不同语速朗读各个段落。我的丈夫吴征的法语是童子功（他的爷爷是留法的博士），后来又到法国留学，自然成了我的家庭教师。我累了一天回到家，他还时不时地突袭考试：“来，再说一遍给我听听。”他还与我分享他的拿手绝活，就是用上海话标注法语发音。比如“ceux”的元音发音既非“苏”，也非“秀”，只有上海话的“酸”发音最为接近！最绝的是奥申委的外国专家洁西（Jess），她的示范更具女性的柔美语调，她告诉我，法语之所以给人浪漫的感觉，是因为句子抑扬顿挫，如跳华尔兹般流畅，而且很多发音是要噘起嘴唇说的，就像要亲嘴时的样子！

老师多了有好处也有难处。有一次魏纪中先生和孙维佳先生（前任外交部新闻司副司长）就与洁西吵了起来：“PIB（GDP）中的 P 应该念‘贝’，而不是‘佩’！”我一头雾水，无所适从，最后又请教了三位专家才最终确定。即使有这么多老师保驾，我还是心里没底。法语的发音太矫情了，初学者很难在听觉上区分一些元音的发音！更让人崩溃的是，第一次排练我说完法语之后，顾问魏纪中老先生竟然说：“听上去是法语的味儿，但发音不清楚，不知道说了些什么！”有什么办法呢，只有日夜苦练，到了做梦都说法语的程度！让我颇感骄傲的是，在我的洛桑陈述后，国际奥委会法国委员径直走到我面前，叽里咕噜就开始说法语。我既得意又尴尬，只好用英语对他说："我正在学法语，并且为之着迷。如果北京能赢得 2022 冬奥会，我保证届时能用法语与您交流。"他也笑起来，说："你刚才的法语几乎没有口音，这是很好的开始！"

在吉隆坡的陈述中，为避免与之前的洛桑陈述雷同，我的陈述主题从赛事服务转到经济保障和市场潜力。这是阿拉木图的软肋，北京的优势，在申办最后阶段我们必须亮剑了。我的陈述分成三段，分别讲述中国的经济实力可以保障兑现申奥承诺；组织和运作能力可以为奥运带来更高的赞助收入；中国人生活方式的提升可以为世界冬季运动产业带来无限商机。我开玩笑说，其实我花三分钟就说了三句话："我们有钱""我们赚钱""我们花钱"。

陈述文稿到 7 月初才基本定下来，这时离最终陈述只有三周时间了，而我要面对的是一段新的法语稿子！特别是一连串的数字，如果发音稍有偏差，就会失之毫厘，谬以千里。比如在说"中国是世界第二大经济体"这句话时，deuxième 这个词是"第 2 名"的意思，如果不小心把"deu"念成了"dou"，那就成了"第 12 名"！好不容易念对了，背会了，但因为不够自信，说法语的部分明显比说英语的部分僵硬！这时没有什么捷径，只有反复练习。前 100 遍做到会念，再 100 遍做到能背，最后 100 遍做到真说，把发自内心的每一个字送到听众的心里去。随团的一位同事也及时提醒了我，他说："杨澜，你说英语时手势比较多，说法语时就没有动作。"对呀，肢体语言能放松和强化情感表达。于是我在"2014 年我们的国民生产总值增长 7.4%"和"到 2020 年国民生产总值和国民收入较前十年翻一番"两句中分别用手势强调了"7.4%"和"翻一番"，语感真的就顺了很多！

陈述台上参加北京代表团最终陈述的共有 12 位代表（杨扬肚子里还有一个！），在陈述过程中，大屏幕穿插播放"紫气东来""万事俱备""江山代有才人出"和"不虚此行"四个小片。在我陈述之前是一段介绍奥运场馆的"万事俱备"，场内光线暗下来。为最大程度节省衔接的时间，我必须在视频即将结束前站到讲台后，等到灯光重新亮起，我心里数着"一、二"，然后开口，节奏刚刚好。那时我在乎的不是人们对我的评价，而是我将要传递的信息本身。而对所说的每一个字，我都知道它的出处！就在前一天，我和财务顾问、被戏称为"财神奶奶"的普华永道中国区合伙人周星，还就预算的汇率风险反复斟酌："到底是该强调防范汇率风险，还是该强调保证各相关方的利益不受汇率波动影响？"结果我们选择了后一种说法，以便更直接地回应委员们的诉求。当我说到"中国经济不依赖任何单一产业"，当然会让众人产生哈萨克斯坦过分依赖石油产业的联想，所以我在态度上一定要谦和有礼，就事论事；当说到 2008 年夏奥会我们曾为奥运会带来破纪录的收入，我应该用语气和动作打开委员们对 2022 年冬奥会市场营销的想象；当话题转到逐渐富裕起来的中国人正在把体育运动作为新的生活方式，我脑海中浮现的画面是带着孩子们学滑雪，他们已经上了雪道，而我还在练习区摔跤……我的陈述是这样结尾的：“在中国举办一届冬奥会，将为全球体育发展带来前所未有的机遇，不仅在 2022，更将对未来形成深远影响。”这句话，也算是对 14 年前何振梁先生“你们今天的决定将创造历史”的回应吧。历史与未来，中国与世界，就这样再次交汇了。回到座位，我的心情仍不平静，这时发现台下几位国际奥委会委员不约而同地向我注目点头，表示肯定。我向他们报以微笑。所有陈述结束后，那位法国委员在走廊里特地走过来说：“杨女士，谢谢你再次使用法语！按你现在的学习速度，我想我不必等到 2022 年就可以跟你用法语交流了！”

我们的团队

完成了自己这部分陈述，我心里一块石头落了地，在心里暗暗给其他同伴加油。此情此景，我们在职位、年龄上的差别都显得不那么重要，我们更像是一支球队，各怀绝技，又荣辱相依，更有冲锋陷阵的勇气与担当。

刘延东副总理自信大度，Hold 住全场，她的英语陈述部分清晰准确，当她用英语说：“请允许我用中文向你们陈述以下内容”时，她不经意间笑了一下，自然亲和，甚至有点“萌”。而在结尾处说到“我们将兑现所有承诺”时，她的语气铿锵有力，展现了国家领导人的风范。主持人于再清先生担任国际奥委会副主席多年，两鬓花白，站在场上有一种沉稳自信的“场”，不夸张地说，以他的资历和经验，台下每一位委员在想些什么，他都能猜个八九不离十。他两次引用谚语“千里之行，始于足下”，邀请委员们和中国一起，为奥林匹克冬季运动的未来，迈出这一步。王安顺市长是位朴实内敛的人，在陈述时他语调平缓，很少使用华丽的词汇，但态度真诚。他所管理的城市的市民比一些国家的国民都要多，又亲自指挥过 2008 年夏奥会的安全保障工作，自然成竹在胸。特别是可持续发展方面的问题，任你从哪个角度问，他都回答得入情入理，严丝合缝！体育总局刘鹏局长是我们当中底气最足的一位，嗓门洪亮，以至于调音师需要提醒他音量不要太大，以防喷话筒。他的手势坚决有力，当我们在排练时建议他指向观众时手心要向上，以免被误会，他马上认真地记录在小本子上，说改就改，从善如流。中国残联主席、中国残奥会主席张海迪，是陈述团中唯一无法用提词器的人。提词器被放在讲台的左右两侧，透明的屏幕材质让演讲人可以看到上面投影的文字，而不必低头看稿子。我们排练的次数多了，稿子几乎烂熟于心，但提词器还是一种很好的心理安慰。可是张海迪用不上这样的技术支持，她坐在轮椅上，现有的讲台和提词器位置过高。同时因为高位截瘫的原因，她需要用双臂支撑起身体，所以她只能坐在长条桌的后面，手臂抵住桌子，才能既支撑身体，又翻动卡片。她全程使用英语，其中最打动人的一句话是："所有残奥运动员都是英雄。"所谓英雄，乃是超越自身的局限，让他人因你的存在而焕发出生命的光彩吧。她就是一位这样的英雄。姚明是我们团队中的大明星，所到之处备受瞩目。连竞争对手阿拉木图的成员们，也放下戒备，欢天喜地地要求与他合影！他的魅力来自友善与幽默。在"江山代有才人出"的宣传小片里，他以守门员的姿态挡在小冰球运动员面前，在被成功突破防线后，无可奈何地摊开双手，仿佛在说："有什么办法，这些对手太强了！"当他站上陈述台，为大家介绍刚刚被美国职业冰球联盟选中的19岁的宋安东，并嘱咐他务必要"教教我怎么守门"的时候，委员们不爱上他才怪！

他与两位冬奥运动员杨扬和李妮娜的交流也充满幽默感和人情味。在排练时，本来打算让他和两位女运动员一起站在陈述台上，但最终我们还是放弃了这个想法，原因就是摄像师很难把三个人放在同一个画面里——落差太大了！所以杨扬干脆一上来就跟姚明开了个玩笑："站在姚明身边真让人高兴……是的，我的确是站着的！"台下一片笑声。杨扬在退役之后出国留学，之后进入国际奥委会任运动员委员。这些年的见识与经验让她无论在语言还是社交方面都充满自信。身怀六甲的她此时焕发着母性的光辉，要表达对未来更多孩子加入冰雪运动的希望，谁能比她更有说服力？李妮娜太逗了！她在进入陈述排练前英语基础并不好。而当她千辛万苦好不容易把第一稿背下来，却得到通知：稿子重写了！她真顽强，又开始从头背新稿子。但如果知道她在运动生涯中曾经多次骨折、受伤，还要瞒着爸爸妈妈，你就不难理解她的倔强和承受力了。每次排练，当她出现时，大家都会露出笑容。陈述中她和杨扬你一言我一语地介绍在中国过大年有多么"Amazing"(奇妙)的时候，会拉一个长音，一时间，那饺子的热气、烟火的灿烂、灯笼的喜庆，就都浮现在眼前了！

刘延东副总理曾经说过："大家注意到没有，咱们北京的陈述人中男女人数比例是 50∶50，而阿拉木图只有一位女性代表在台上。这说明了中国社会的进步。"在我们所展现的种种硬实力背后，这支团队的人员构成本身就是一种"软实力"。清华大学建筑学院张利教授说着一口漂亮的英式英语，他在场馆规划、人工造雪及水资源方面的专业解读，让最为挑剔的西方记者也不得不信服。在考察团访问北京期间以及在洛桑，他都做了精彩的陈述。也许正是因为他的陈述已经很有说服力，所以吉隆坡陈述时他只需要做回答提问的准备，而没有直接陈述。不过，电视观众还是可以通过由他配音的视频短片，欣赏到他的语言魅力。我问他这次申奥的经历给他带来的最大感受是什么，他说："过去，我一直觉得社会的进步要依靠自下而上的改变，但这次经历让我有了新的理解，自上而下、自下而上的改变都是可能的。"

2015 年 7 月 31 日下午大约 17 点 58 分，经过 85 位国际奥委会委员投票，除一人弃权外，北京终于以 44：40 的 4 票优势获得 2022 年冬奥会举办权！北京也因此成为历史上第一个既举办过夏季奥运会，也将举办冬季奥运会的城市。巴赫主席宣布北京获胜的一刻，我们几乎是从座位上弹了起来，欢呼雀跃。我注意到，刘延东副总理和王安顺市长都首先拥抱了坐在轮椅上的海迪，而她已是热泪盈眶。

三次参加申奥，两次担任申奥陈述人，这样的经历太特殊了。这 20 年的时间里，中国发生了太多的变化，而最大的变化，是人的变化，是观念的变化。从追求规模场面到节俭办赛，可持续发展；从金牌至上的竞技体育到倡导民众健康的生活方式；从政府和国企"包办"到更多民间参与；从庄重严肃的语言习惯到亲和幽默的个性张扬；从输不起的心态到尊重规则、尊重对手的体育精神；从需要国际社会认可接纳的迫切心情到今天更为理性平和的心态，以及这背后的民族自信……中国在变，中国人在变，中国与世界的关系也在变。在这 20 年间，我从初出茅庐的电视节目主持人开始，经历了留学、创业、为人妻、为人母等不同的人生阶段。如果我早出生 10 年，或晚出生 10 年，都不可能赶上三次申奥。生逢其时，这是我的幸运。能以自己所长，在国际上发出中国人的声音，这是我更大的幸运。申奥成功究竟意义何在？那就是：在这个充满不确定性的世界上，明确地发出了中国将继续开放的信号。而我们每个人，都曾经，也终将是受益者。

2001年申奥演讲稿

Mr. President, Ladies and Gentlemen, Good afternoon! Before I introduce our cultural programs, let me tell you one thing first about 2008. You're going to have a great time in Beijing. Many people are fascinated by China's sport legends and history. For example, back to Song Dynasty, which was the 11th century, people in our country started to play a game called Cuju, which is regarded as the origin of ancient football. The game was so popular that women were also participating. So now, you would probably understand why our women football team does so well today.

There are a lot more wonderful and exciting events waiting for you in New Beijing, a modern metropolis with 3,000 years of cultural treasures woven into the urban tapestry. Along with the iconic imagery of the Forbidden City, the Temple of Heaven and the Great Wall, the city also offers an endless mixture of theatres, museums, discos, all kinds of restaurants and shopping malls, which will amaze and delight you. But beyond all that, this is a city of millions of friendly people who love to meet people from around the world. They believe that the 2008 Olympic Games is held in Beijing, it will help to enhance the harmony between our culture and the diverse cultures of the world, and guarantee their gratitude will pour out in open expressions of affection for you and the great Movement that you guide.

Within our cultural programs, education and communication will receive the highest priority. We seek to create an intellectual and sporting legacy by broadening the understanding of the Olympic Ideals throughout the country. Cultural events will unfold each year, from 2005 to 2008. We will stage multi-disciplined cultural programs, including concerts, exhibitions, art competitions and camps, which will involve young people from around the world. During the Olympics, these activities will also be held in the Olympic Village and in the city for the benefit of the athletes. Our Ceremonies will give China's greatest-and the world's greatest artists a chance to celebrate the common aspirations of humanity and the unique heritage of Chinese culture and that of the Olympic Movement.

With a concept inspired by the famed Silk Road, our Torch Relay will break new ground, traveling from Olympia through some of the oldest civilizations known to man-Greek, Roman, Egyptian, Byzantine, Mesopotamian, Persian, Arabian, Indian and Chinese. Carrying the message "Share the Peace, Share the Olympics", the eternal flame will reach new heights as it crosses the Himalayas over the world's highest summit - Mount Qomolangma, which is known to many of you as Mt. Everest.

In China, the torch will pass through Tibet, cross the Yangtze and Yellow Rivers, travel the Great Wall and visit Hong Kong, Macau, Taiwan and the 56 ethnic communities who make up our society. On its journey, the flame will be seen by and inspire more human beings than any previous relay.

I am afraid I cannot present the full picture of our cultural programs within such a short period of time. Before I end, let me share with you one story. Seven hundred years ago, amazed by his incredible descriptions from a far away land of great beauty, people asked Marco Polo whether his stories about China were true. And Marco answered: What I have told you was not even half of what I saw. Actually, what we have shown you here today is only a fraction of the Beijing that awaits you. Ladies and gentlemen, I believe that Beijing will prove to be a land of wonders to all of you, to athletes, spectators and the worldwide television audience alike. Come and join us. Thank you, Mr. President. Thank you all.

译文:

主席先生，女士们，先生们，下午好！在向各位介绍我们的文化项目之前，我想先告诉大家，2008 年，你们将在北京度过愉快的时光。很多人都为中国的体育传统和历史而着迷。比如说，追溯到 11 世纪宋朝的时候，中国人就开始玩一种叫作蹴鞠的游戏，它被看作古代足球的起源。这项运动广受人们喜爱，连女性也在参与。现在你们可能就明白为什么我们的女子足球队今天踢得这么棒了。

在新的北京，还有很多更为精彩、更激动人心的事等待着你们。北京是一座充满活力的现代都市，3000 年的历史文化与现代都市的繁荣相呼应，除了紫禁城、天坛和万里长城这几个标志性的建筑，北京拥有无数的剧院、博物馆、舞厅、各种各样的餐厅和购物中心，这一切的一切都会令您感到惊奇和兴奋。除此之外，北京城里还有千千万万友善的人民，热切期盼着来自世界各地的人们。他们相信，在北京举办 2008 年奥运会将推动中国文化和全世界多元文化的交流。他们将欢欣鼓舞地张开热情的怀抱，欢迎你们以及你们所引领的伟大的奥林匹克运动。

在我们的计划当中，教育和交流将是重中之重。我们将努力在全中国推广奥林匹克理想，从而留下一笔知识和体育的财富。从 2005 年到 2008 年，我们每年都要开展多元的文化活动，包括音乐会、展览、艺术竞赛和各种营地，让世界各地的年轻人参与其中。奥运会期间这些文化活动将同时在奥运村和全市范围内展开，以方便运动员的参与。我们的开幕式和闭幕式，将为中国和全世界最杰出艺术家提供机会，讴歌人类的共同理想，展示中国独特的文化遗产，以及奥林匹克运动的魅力。

基于著名的丝绸之路带来的灵感，我们的火炬接力将踏足新的土地，从奥林匹亚开始，穿过一些人们熟知的古老文明，包括希腊、罗马、埃及、拜占庭、美索不达米亚、波斯、阿拉伯、印度和中国。带着“共享和平、共享奥运”的主题，永恒不熄的奥运火炬将在跨越喜马拉雅山脉时，抵达世界最高峰——珠穆朗玛峰。

在中国，奥运圣火将通过西藏，跨越长江和黄河，踏上长城，途经香港、澳门、台湾，并且在组成我们国家的56个民族中传递。通过这样的路线，我们保证，目睹圣火并且受到圣火激励的人数将比以往任何一次火炬接力都要多。

我恐怕无法在这么短的时间里完整地呈现我们的文化活动。在结束我的陈述之前，让我和大家分享一个故事：700年前，因为被马可·波罗对这片遥远的土地的描述所吸引，人们问他，你对中国的描述是真的吗？马可·波罗回答说：我描述的还不及我所看到的一半。实际上，我们今天在这里向大家呈现的只不过是北京的一部分。它期待着大家亲自来发现。女士们，先生们，我相信北京将向各位在座的，向运动员们、观众，以及全世界的电视观众证明，这是一块神奇的土地。谢谢主席先生！谢谢大家！

2015年申办冬奥会陈述词

Mesdames et Messieurs, Bonjour,

La Chine offre un cadre incomparable aux sports olympiques d'hiver.

Notre économie est la deuxième au monde. En 2014, notre PIB a augmenté de 7.4%,situant notre pays parmi les grandes économies connaissant la croissance la plus forte au monde. D'ici à 2020,le PIB et le revenu par habitant de la Chine auront doublé par rapport à ceux de la décennie passée.

Ladies and gentlemen,

China's economy is robust and resilient. It is not dependent on any one sector. We have our fair share of natural resources and we are the world's largest trading partner. These factors give our economy diversity and strength to support every commitment we make.

The IOC Evaluation Commission report noted that our "OCOG budget appears to be well thought-out and presents a viable financial plan." We assure all stakeholders that their interests will not be affected by foreign exchange risk. With the guidance of the IOC, our experienced Games team developed a plan that is practical on expenses and conservative on revenues.

When Beijing last implemented an Olympic Marketing programme, we broke many records and generated 1.2 billion US dollars in revenues from our domestic partners. Both international and Chinese companies competed for the right to associate with Olympic Games.

Strong marketing success in 2008 sets the stage for us to achieve records for 2022, protecting the long-term financial viability and reputation of the Olympic Games.

With the growth of income and living standards, the purchasing power of Chinese consumers is growing faster than any other major market in the world. Sports and fitness are becoming central to our lifestyle.

The sports industry in China is expected to reach 800 billion US dollars by 2025. Winter sport in China and abroad will be the long-term beneficiary of this unparalleled growth.

An Olympic Winter Games in the Chinese market will create unprecedented opportunities for sport in 2022 and well beyond.

Thank you.

It's now my pleasure to hand the floor to Zhang Haidi.

译文:

女士们，先生们，大家好！

中国为奥林匹克冬季运动提供了最广阔的舞台。

中国是世界第二大经济体。2014 年，中国的 GDP 增长了 7.4%，使中国成为全球增长速度最快的主要经济体之一。预计到 2020 年，中国的经济总量和人均收入将比 2010 年翻一番。

女士们，先生们！

中国经济强健，资源多样，适应性强，不过度依赖于任何单一产业。我们拥有丰富的自然资源，是世界上许多国家最大的贸易伙伴。所有这些因素让我国的经济多样化发展，并且充满活力，让中国有能力为成功举办冬奥会提供保障。

国际奥委会评估委员会的报告指出，“北京冬奥组委的预算应是经过深思熟虑的，并提供了一份切实可行的财务计划”。我们有经验丰富的预算团队，在国际奥委会的专业指导下，保证我们能够实现积极稳健的收入和务实有效的支出。我们保证各相关方的利益不受汇率波动的影响。

北京在实施 2008 年市场开发计划时，打破了多项纪录，创造了 12 亿美元的国内市场开发收入。国内外企业通过竞争积极争取与奥运会合作的权利。

我们在夏季奥运会取得的成功，为我们在冬奥会上取得新的成绩打下了基础，为奥运会提供了长期的财务可靠性，维护了奥运会的声誉。

随着收入和生活水平的提高，中国消费者的购买力比世界其他任何主要市场增长得都快。体育健身正在成为人们新的生活时尚。

我国政府预计，到 2025 年中国体育产业规模将达到 8000 亿美元。随着这一市场的增长，中国和世界冬季体育运动将从中长期受益。

在中国举办一届冬奥会，将为全球体育发展带来前所未有的机遇，不仅在 2022，更将对未来形成深远影响。

谢谢！

现在，我很高兴请张海迪女士陈述。

后 记

因为忙碌，也因为懒惰，这本书我竟然拖了3年！总在赶路的我永远看着前面的风景，很少有心境回顾已经走过的日子。总想着“有一天闲下来再写”。其实，什么时候才能真正闲下来？等到真的闲下来，很多体验和记忆就疏淡了，遗忘了。谢谢江苏凤凰文艺出版社的黄小初社长、汪修荣总编辑、编辑王雁雁小姐一直没放弃我，追了我3年，终于让我不忍心再拖下去！谢谢我的同事马敬军先生，在我不断以各种急难业务折磨他的同时，仍然苦口婆心地哄着我将书写完。感谢阳光雅集的秋微小姐（她本人就是成功的作家）和戴克莎小姐，她们给了我很多建议，在我写作的各个岔路口为我指引方向。还有《杨澜访谈录》节目组的小伙伴们，跟随我行走天涯，以15年时间采访全球各领域820余人次。感谢新东方的秦朗老师，帮我梳理了外语采访的文字与要点。感谢我的助理陈丁可小姐，有这样认真又聪慧的助理，帮我整理稿子兼搜罗照片，让我偷偷乐了好几回。还要感谢凤凰联动的张小波先生，他曾经负责《一问一世界》和《幸福要回答》的出版与发行，能力非凡。没有人是一座孤岛，但我能仰仗的团队也太厉害了吧！旅程中的风景固然重要，同样重要的是和谁在一起看风景。深深感谢我的家人，我的同伴！世界的确很大，幸好还有你们！

杨澜

2015年11月20日

图书在版编目(CIP)数据

世界很大，幸好有你 / 杨澜著. —南京：江苏凤凰文艺出版社，2016（2017.5 重印）

ISBN 978-7-5399-5470-7

Ⅰ.①世… Ⅱ.①杨… Ⅲ.①散文集－中国－当代 Ⅳ.①I267

中国版本图书馆CIP数据核字(2015)第296967号

书　　名	世界很大，幸好有你
著　　者	杨　澜

出 品 人	黄小初　张小波	监　　制	马敬军　汪修荣　岳　阳
责任编辑	王雁雁　王宏波	特约策划	秦　朗　陈丁可　戴克莎
特约编辑	罗雪峰	校　　对	郭慧红　孔智敏　陈义景　田　原
封面设计	曲闵民	内文设计	申　佳

出版发行	凤凰出版传媒股份有限公司 江苏凤凰文艺出版社
出版社地址	南京市中央路165号，邮编：210009
出版社网址	http://www.jswenyi.com
经　　销	凤凰出版传媒股份有限公司
印　　刷	三河市金元印装有限公司
开　　本	700毫米×1000毫米 1/16
印　　张	17
字　　数	160千字
版　　次	2016年1月第1版　2017年5月第16次印刷
标准书号	ISBN 978-7-5399-5470-7
定　　价	39.00元